AQUARIUS

AQUARIUS

AQUARIUS

AQUARIUS

每個人心中都有一座島嶼，
藉文字呼息而靜謐，
Island，我們心靈的岸。

我在精神病院當醫生

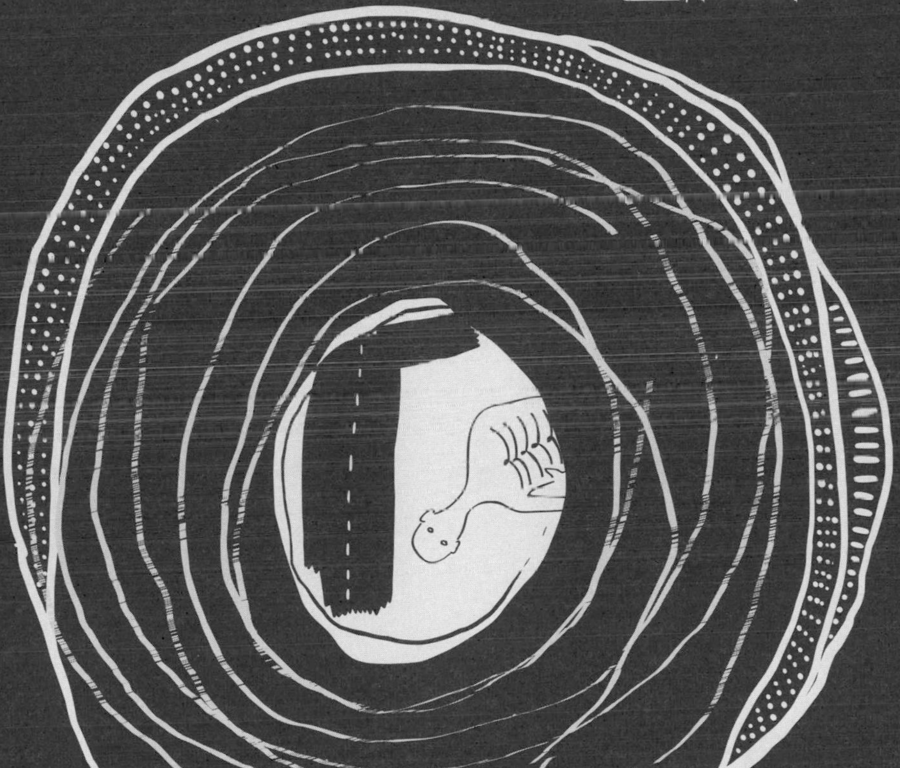

楊建東

目錄

摸影子的人——012
上帝是副教授——018
綁架全世界——025
無處藏身——034
黑暗中的眼——042
一念成佛，一念成魔——052
活在夢裡的女人——061
穿越時空的旅行——070
生命的時間線——078
無臉人——087

從「一」到「二」——095
爸爸，我要做你的新娘！——102
數字的顏色——112
歡迎來到地獄——121
從人到妖，得幾年？——127
坐忘——138
你好，36000271號——144
醜陋的世界——151
人工智慧的統治——157
偽裝者——166

命中註定的那個他——174
「宇宙能」——180
一百封遺書——186
阿Q的境界——193
人類是文字，我是書蟲——200
看月亮的外星人——210
想吃馬鈴薯的人——216
跟蹤者——222
無限複製——228
世界的漏洞——235

紅衣女人——241
第十一維度——247
念想就是罪過——254
犯罪專家——260

摸影子的人

「你治不好我，也不用治，我根本沒有病，有病的是別人！」

當這名物理學專業的博士生導師來到我的門診室時，他開門見山地就和我說了這句話。

「沒關係，就當是談談心，你就先坐一會兒。」我笑著說。

在我和他家人的勸說下，他還是坐下來了，不過情緒不太好，他再次叮囑我不要把他來看過精神科的事抖出去，以免影響了他的名聲。

在我們這一行裡，很少有人直接問對方你有什麼病之類的話，「病」是敏感詞彙，一般來說，我們都會問對方有什麼心事，最近過得怎麼樣、順不順之類的。

我問：「聽你老婆說，你經常一個人自言自語，有時候還撫摸牆壁、桌面，是有什麼心事嗎？」

他搖搖頭：「習慣而已。」

我：「可是你老婆說，你有時候整個週末都在自己的家裡撫摸牆面和書桌，一天都不說一句話。這也是習慣嗎？」

他有些不耐煩了，「就是習慣。就像有些人喜歡抱著貓，摸貓毛能摸上一整天一樣，我喜歡摸影子，有什麼問題嗎？」

我問：「摸影子？為什麼？強迫症？」

他說道：「你完全想錯了，這不是強迫症。影子跟貓、狗一樣，是有生命的。不過你大概理解不了。」

「影子有生命？這種說法倒是挺新鮮，你怎麼會這麼認為？」我開始覺得好奇了，他的這種說法我還是第一次聽到。

他說道：「難道你不覺得影子有生命嗎？」

我：「難道有嗎？影子的確是能跟著我們的動作來動，但那不過是光線被物體遮擋後留下的陰影區而已吧？怎麼可能會有生命呢？」

他：「那是你的看法而已。影子是一種『隨動生命體』，存在形式和你以前理解的主動生命體不一樣。生命的形式比你想像的要複雜得多了。」

我：「這太玄妙了。從科學的角度來解釋吧，影子不過是光線被障礙物阻擋後在物體後面留下的光線缺乏區域而已啊。」

他開始愈來愈不耐煩了，視線飄移：「早就說了你聽不懂……哎，跟你說這個真是費勁！算了，那我倒是問問你，生命是什麼？」

我一愣：「你知道我是學醫的，從生物學的細胞層面來說，生命體就是不計其數的細胞排列組合起來的具有新陳代謝活動功能的一個系統……差不多是這樣吧。要是再微觀一點，能夠說到DNA甚至鹼基、有機大分子的角度，不過我手頭沒有這方面的書，要把原文給你背出來我也沒那個本事。」

他笑起來：「這是你從醫學者角度提出的看法，不過我是從事理論物理學研究的，生命有別的定義。生命，說到底，就是負熵。」

我：「負熵？」

他：「對，負熵。負數的負，火字旁的熵。生命就是負熵。」

我：「我知道熵，那是一個熱力學衍生出來的概念，熵指的是一個系統中『無序』的程度，是嗎？」

他點點頭：「你知道熵，這就簡單了。沒錯，你的意思算是接近了一些。你知道混沌理論嗎？根據混沌理論的說法，我們這個宇宙一開始是無序的、混亂的，根本沒有什麼生命，宇宙中的基本粒子都是一團糟，既不均勻，也沒有什麼結構特徵，這個時候，按照熱力學的說法，我們可以說宇宙中的熵很高。只不過時間長了，無序的粒子中有些因為偶然的碰撞，發生了相互關係，就出現了一部分有固定運動規律的粒子團塊，然後慢慢變成了一個個有功能的系統，熵值就低了。地球上的生命體，就是那些偶然接觸的粒子組合而成的低熵系統。」

我：「然後呢？那又怎麼樣了？」

他繼續道：「生命就是低熵，但是生命維持自身低熵的代價是外在環境的熵增高。就拿人來說吧，你要不餓死變成一堆腐爛的臭肉，就要吃東西吧？人可以吃豬肉來維持人的形態，對於人來說，吃飯的過程就是攝入外界的能量，來維持自己身體的低熵狀態的過程，不過，人在維持人的樣子的同時，豬的形態就消失了，我就可以說是那頭豬變成了高熵的無序狀態。而豬吃草，也是一樣的道理，豬汲取了草的能量，才能夠維持豬的樣子，要是沒草吃，豬不就要餓死。豬吃了草，草就死了變成灰了，就是變成了無序的狀態，也就是高熵體。從物理學角度來說，生命汲取外在能量維持自己形態的過程叫做引入負熵流。」

我：「道理是這個道理……但是我們的話題好像有點跑遠了吧？」

他：「你聽我說完行不行？你這個人怎麼老喜歡打斷別人的話！」

我：「……行行，你說，我聽著呢。」

他說道：「你想想，地球上所有生命的能源最終都來自哪裡？」

我：「來自太陽？」

他：「對！就是來自太陽的光和熱！地球上所有生命的能量說到底就是來自太陽。人、動物、植物都從太陽那裡獲取了能量，固定在自己的身體裡，就像太陽能電池一樣儲備能源，才能夠有生命活動。」

我：「生命從太陽那裡獲得光和熱……嗯，是這麼一回事。」

他說道：「想通了吧？從某個角度來說，生命就是從熱能較多的地方轉移到熱能較少的地方，然後維持住那個形態！除了生命之外，有這種特徵的東西還讓你想到了什麼，你倒是說說？」

我想了想，不太肯定：「影子？」

他點頭如搗蒜：「就是影子！我想了很久，最後發現，其實影子也是一種生命，只不過是特殊的生命形態！你喜歡散步嗎？」

我：「還行吧，有時候心情不好的時候會出去散散心，不過這陣子比較忙就沒怎麼散步。」

他：「那你散步的時候，走到有陰影的地方時，會不會突然間有一陣小旋風刮起來，然後周圍的紙屑、灰塵、塑膠袋就在那團陰影區裡打轉？」

我點點頭：「經常碰到啊。不過風的產生原因是溫度的不均衡導致的氣體相對流動——」

他打斷了我的話，繼續說道：「不是，我說的不是普通的風，我說的是龍捲風！是有風眼的龍捲風。你散步時看到的陰影區裡的小旋風，其實是一種迷你版的龍捲風，而龍捲風的能量來源，就算在現在也還是一個未解之謎！龍捲風的成因是外側的高溫熱能氣體和中間區域的低能真空區域存在熱焓梯度。你沒有在沒有雲的地方看到過龍捲風吧？也沒有在光天化日之下看到過小旋風吧？只有在有陰影的地方才有打旋兒的風，因為旋風的本質就是影子生命體的新陳代謝！神奇吧？」

我開始被他的話漸漸代入進去，我覺得，比起他的妻子，我更接近了他的思想。但是，和他不同的是，我知道克制，而他卻認定了死理。

我：「所以你經常撫摸影子，是因為你在感受影子生命體的新陳代謝？」

他點點頭：「你可算是明白了，跟你交流雖然累，但是比其他人好多了。我撫摸影子，是因為我想感受它們的心情。」

我：「影子生命體還有心情？」

他說：「有啊。你去摸影子生命體的時候，如果感覺影子涼涼的，陰影面積很大很濃，那就是它心情好，長得健康。你看它的時候，如果它在強光下變得很淡很細，那就是它生命垂危了。說起來，你摸過自己的影子嗎？」

那次離開後，他就沒有再來，後來我聽他的妻子說，他回去之後，有很長的一段時間依然會和牆壁上自己的影子說話，愣愣出神，一耗就是一個下午，不過兩個月後，這種情況就大抵消失了。

他和影子生命體的故事，讓我想起了叔本華說過的一句名言：「每個人都將自身所感知的範圍當作世界的範圍。」

上帝是副教授

他是一名心理學副教授，不過已經辭職三年，有一點潔癖。

我見到他時，是在〇九年的夏天，後來聽說他回去後吃安眠藥自殺，住了一個月的醫院，出院後，再次被他妻子帶到了這裡。

我本以為他會是蓬頭垢面的模樣，很多想自我了斷的人往往患有憂鬱症，這些人連自己的生命都不放在眼裡了，自然也不在乎著裝打扮，但見面後，他卻讓我吃了一驚。他戴著眼鏡，穿著很考究的西裝和尖頭皮鞋，頭髮被打理得一絲不苟。

我很快就和這名副教授級的病人攀談起來。做我們這行，最重要的其實是口才，和神經病還有心理病不同，很多精神病患者的病情都是隱性的，你必須和病人不斷地談話交流，循循善誘，才能夠慢慢摸索出他的病因。

但讓我覺得奇怪的是，這名副教授講話得體，舉止正常，不但愛笑，甚至有點幽默，怎麼看都不像是一名會自殺的患者的樣子。

我很奇怪，把他妻子叫到一邊問怎麼回事。他妻子說，他可能不想說，等她跟他好好談談再來。

之後他們就離開了，直到下午三點，那副教授才回來，不過這次他妻子沒有進來，而是在門診室外面等候著。

這名副教授坐在了我的對面，微笑著跟我相對而坐。

我笑笑：「我聽你老婆說你連著三次想自殺？不過我看你人挺精神的啊，怎麼都看不出毛病啊。我看不會是你老婆才有精神病吧？」

聽到我的話，他摘下了眼鏡看著我：「你說得對，其實是我老婆弄錯了，我那不是自殺，那叫『歸元』。」

我問：「歸元？怎麼個寫法？」

他在桌子上比劃了幾下，我知道了他的意思。

我看著他：「你是說你兩次想跳樓，還有吃安眠藥的行為，叫『歸元』，這是什麼意思？」

他：「你應該很難理解，說通了，歸元，就是從人變回上帝的這麼一個過程。」

我笑了：「你是基督徒？」

他搖搖頭：「不是，我不信什麼宗教，那些在我看來都是假的。我只相信我自己。因為我就是上帝的轉世。」

我：「你怎麼會這麼想？你相信這世界上有上帝？」

他：「不，不是你說的那種上帝。準確地說，應該叫劇本家，或者設計者之類的。從小時候我就有這樣的想法了。你知道嗎？我覺得周圍的人都是繞著我轉的，整個世界都是繞著我，我是這個世界的主角。」

我大概知道他的病情了，於是我半開玩笑地說：「是嗎？那你找到什麼證據了？」

他：「證據？不需要什麼證據，我自己有這個感覺就夠了。最近一段時間，我這種感覺愈來愈強烈了，我想可能是我體內的上帝意識就要甦醒了。」

我：「上帝意識？」

他：「就是我以前當上帝時的記憶。我說了，我是這個世界的創造者，當然會有作為上帝創造這個世界時的記憶。」

我：「可你剛才說你是這個世界的主角——」

他打斷了我的話，顯得有點焦躁：「那是一回事！創造者就是主角，主角就是創造者，也是上帝！」

我：「……」

他繼續說：「這個世界就是我還有上帝的能力的時候創造的，只不過創造了這個世界後，我為了好玩，就把自己的記憶給封印了，降格成凡人來到自己的這個世界體會人生，你懂了嗎？」

我：「可是你已經有妻子兒子了，你是說他們也是你創造的嗎？」

他：「他們當然是我創造的。打個比方吧，這個世界就是一本書，書的劇本是在我出生之前就被當上帝的我寫好的，只不過要是提前知道劇本的走向就不好玩了，所以我就封印了自己的記憶，這樣才有期待感。就像看電影一樣，你看過一遍再看就沒意思了，只有第一遍看，不知道結局的時候才最有味道。」

我：「那好，就像你說的，既然你是上帝，那麼你應該也能改變這個世界的劇本吧？比如說，出門撿到錢這樣的事也可以做到？」

他：「當然可以了。如果我變回上帝的話，別說撿到錢，哪怕讓你變成世界首富都輕而易舉，就像寫劇本一樣，我只要隨便修改一下劇情設定之類的就行了。不過現在的我做不到，在設定好的劇本裡，我現在只是個副教授，你是一名精神科醫生，世界首富是比爾・蓋茲，我『歸元』之前，只能按著劇本來，劇本是沒法修改的。」

或許會有人不敢相信一名有學識的副教授會說出這樣可笑的話來。但是事實上，在我這個職業裡，最常見的就是那些有學識的人。從醫學角度來說，一個人的知識儲量愈是豐富，思維愈是發達活躍，想的就會愈多，而且這個世界上有些東西是無法證偽的，如果你一直鑽在那裡不出來，就會出問題，就像電腦當機一樣。

我：「可是你就沒有考慮過你的家人的感受嗎？你的父母、妻子，還有你的兒子？」

他：「這些都不過是我設定的劇本裡的角色而已啊。我死了，劇本結束了，他們也就不存在了，我有什麼好考慮的？」

我有點無言以對：「那變成了上帝後，你打算怎麼改造這個世界啊？」

他開始有興致了：「變回上帝後，能做的事情可就多了。數都數不完。我可以一直在神殿裡，看著人間的悲歡離合，給每個人物安排劇本，甚至還可以改造地球和宇宙的結構！要是我當上帝太久了，覺得無聊的話，也可以把自己的記憶暫時封印，再次變成凡人到自己創造的世界來感受感受，等到死了，又重新變回上帝。」

我：「你對你現在的生活滿意嗎？」

他一愣：「以別人的標準來看的話，我還算不錯吧，我老婆跟我結婚七年了，我兒子也四歲了。就是我有點厭倦這個世界了，我厭倦了做凡人的樣子，我想早點變回上帝，重新改造一下這個世界。」

我：「所以你就自殺？你覺得那樣就能變回上帝？」

他皺皺眉：「我跟你說了很多遍了，那不叫自殺，那叫『歸元』。就是把你的肉體給毀了，然後你的神格就能甦醒，這樣你就能回到神殿去，重新做上帝！」

我：「就沒有別的辦法？」

他：「是沒有別的辦法，想變回上帝你就得先結束自己的人生劇本才行，老死是一條出路，但是那要等個幾十年，太慢了，所以我想早點結束這段劇本。」

我意識到這名患者的病情不輕，他已經形成了一套自己深信不疑的信仰模式，這種信仰和其他宗教不同，其他宗教一般都堅信他神論，而他卻堅信自己就是上帝，而且唯一證明自己是上帝的方法就是自殺。而這種事在本質上是沒有辦法證明，也沒有辦法推翻的，所以他只能這麼糾結下去，直到死去的那一天。

對於這種病情，我只能夠跟他慢慢聊天，把他的思想轉移，盡量不讓他去想這些雜七雜八的東西，而且我必須按著他的邏輯來，假設他就是上帝，然後告訴他現在不是結束劇本的時候，也許人生的後面會有很多精彩在等著他。

這樣的談天一直持續了三個小時，跟他聊聊生物學、社會學和一些生活上的有趣事。

當他離開的時候我問他感覺怎麼樣，他笑著對我說：「感覺好了點了。你說的也有道理，這個世界上還有很多精彩的事，可能我是還沒有到『歸元』的時候。」

出門前，他又突然想到了什麼似的，轉頭笑咪咪地對我說：「如果有一天我死了，而你沒有死，那麼只能說明，真正的上帝，是你。」

這句話我初聽沒什麼感覺，但是那天回家後卻是愈想愈覺得毛骨悚然。

半年後，當我和同事提起這名副教授級的病人時，同事告訴我說，那名病人早在半年前就跳樓自殺了。自殺那天的日期，正好是我和他見面的那天。

我回到家後，心裡很是不安，就又把和這名病人見面時的錄音資料找出來，一遍一遍地重播著。

愈是聽那段錄音，我就愈是覺得陰森詭異。

那天晚上，當我切開西瓜的時候，看著水果刀刀鋒上血紅一片的西瓜汁，還有自己近在咫尺的白淨手腕，突然產生了一種想要「歸元」的衝動。

他臨走前留下的那句話，就像一個幽靈一樣，依然不斷地纏繞在我的身邊：「如果有一天我死了，而你沒有死，那麼只能說明，真正的上帝，是你。」

綁架全世界

在我遇見過的患者中，他的學歷能夠排進前三。

他是航空航太大學動力工程與工程熱物理學科一級責任教授，博士生導師，在科學界有不小的威望。

他之所以到我的門診室來，純粹是因為他不希望去太過惹眼的醫院，在他們學界，這也是一種低調的做法。

見到他時，他頭髮花白，精神矍鑠。乞丐和學者最大的不同就在於眼睛，有些人就算穿成乞丐裝，但是你在人群裡還是能夠一眼認出來，因為學者有著一雙充滿知性的眼睛。

這已經是我和他第二次見面了，按照慣例，我和他相對而坐，由我開始發問。

我：「你說是幾次來著？三次，還是四次？」

他：「五次。算上老早自殺的那三次，我應該已經死過五次了。不過你看我還活得好好的，坐在這裡。」

我：「上次跟你見面的時候你好像說是四次吧？」

他：「那之後我又碰上了一次意外。」

我：「那你的運氣還真是夠差啊。這次你是怎麼死的？」

他：「應該說本該怎麼死，我可還沒死呢——這次是在檢測一台脈衝爆震發動機的爆震室運作情況時電路出了點情況，發動機漏了電，結果被電昏了四個多小時。」

我：「電壓很強嗎？」

他：「比家庭電路高出好幾倍。一般人都死十次了。」

我：「那真的只能用奇蹟來形容了。」

根據這位患者的描述，他第一次「死亡」是在小時候，他在山上從兩米多高的地方上跌落下來，腦袋磕在了一塊石頭上，頭破血流，甚至連骨頭都裂開了。荒山野嶺又沒有其他人，本來他是應該死的，但是醒來之後，他發現腦袋上只破了點擦傷，原本記憶裡血流不止的場景和現實出現了偏差。

那之後他就一直覺得奇怪，也不知道是自己因為腦袋撞暈記憶出了偏差，還是自己遇上了怪事。

他的第二次「死亡」是第一次高考失利。那一次，他真的從四層樓高的筒子樓❶樓頂跳了下來，他記憶中明明是腦袋著地後的劇痛，隨後失去意識，但等他醒來後卻發現自己只受了點骨折。根據搶救他的人的說法，他跳樓的時候身子正好碰在空中的兩條電線上，減緩了衝擊力，所以倖存下來。

那次跳樓讓他想起了小時候的那一次意外，於是他開始懷疑自己，懷疑世界，在讀研究所期間，他又忍不住自殺一次。那次是他失戀，本來就情緒低落，又遇到母親死去的噩耗，他就有了輕生的想法。他喝了整整一瓶的老鼠藥，本來覺得自己不管怎樣都要死了，但後來還是被人搶救活了。搶救人員告訴他說幸好他喝得不多，只喝了一小口，不然就死定了。他明明記得自己喝了整整一瓶的老鼠藥，但是醒來後卻被描述成一小口，他怎麼也不能理解。

第四次是前幾年底的時候，他因為忍不住想要測試自己是不是真的有死不了的能力，就吃了一瓶安眠藥，結果又被搶救活了。醫生告訴他幸好他沒有過量，不然就是必死無疑。

根據他的說法，再加上最近的一次意外昏迷，他已經死過五次了，但是五次他都大難不死活了下來，他覺得他是個不會死的人。

但是，讓我困惑的地方在於他說的那些關於他死亡的記憶，都只有他一個人知道。對於

❶ 中國舊式建築，每層樓以狹長走廊串連起獨立房間，狀如筒子。

我來說，我最多只能夠根據他的一些診斷報告知道他自盡的那幾次的確只喝了少許劑量的毒藥，不足以致死。

到底是他的記憶出現了問題，還是他「死亡」前後，整個世界發生了改變？

他：「我想那真的不是什麼奇蹟，我可能真的不會死。我也搞過理論物理研究，量子力學的領域雖然和我的專業稍有偏差，但是我也研究過，我想我可能在死的時候，意識發生了量子穿越，到了另外一個世界。」

我：「量子穿越？」

他：「聽說過薛丁格的貓嗎？」

我含糊著點了點頭，說大概知道一些。

他還是給我解釋了一下：「把一隻貓關在一個封閉的盒子裡，盒子裡有放射性物質，其衰變殺死貓的機率是百分之五十，不衰變讓貓活下來的機率也是百分之五十。那你覺得，在你打開盒子之前，那隻貓存活的機會有多大？」

我：「應該是一半一半吧，開槍和不開槍都是一半的機率不是嗎？」

他：「對，對我們來說，答案是一半一半沒有錯。但是，在打開盒子的瞬間，我們只能夠看到一隻死了的貓，或者一隻活著的貓。那麼問題來了：既然貓的死和生都存在著一半的可能性，如果我們看到了一隻死了的貓，那麼那隻貓活著的那種可能性跑到哪裡去了？有一種理論叫做多世界理論，那種理論認為，在我們打開盒子的一瞬間，世界就去相干了，簡單點說，就是出現了兩個世界，一個世界是貓活著的世界，一個世界是貓死了的世界。我們之所以看到貓死了，是因為我們處在貓死了的世界裡，而在另外一個世界裡，會有另外的我們觀察到貓活著的景象。」

我：「就是所謂的平行世界，對嗎？」

他：「差不多，這個說法現在已經被傳爛了吧，就是平行世界。其實以前我瞭解過量子場論，並不怎麼信這一套，但是我現在身上發生的這些事，讓我愈來愈懷疑這個世界了。我開始相信人擇原理了。」

我：「人擇原理？」

他：「這個說起來有點複雜，簡單點理解，就是因為我存在，所以世界必定存在，不存在我的世界對我來說沒有存在的意義。就這麼個意思。」

我：「前面平行世界那裡還好懂，後面真的有點被你弄糊塗了。」

他笑了：「慢慢聽我說吧。剛才我說過，如果平行世界是存在的，那麼當我死了的瞬間，就應該會出現兩個世界，一個世界的我死了，另外一個世界的我還活著，但是從我主觀的角度來說，我只能夠感受到我活著的那個世界的事物，我死了的那個世界對我來說是沒有意義的，能夠感知的程度是零，所以我活到了這個感知度是百分之百的世界來。這個就是人擇原理的意思。」

我：「可是也許你那幾次沒有死的經歷只是你受了傷，記憶出現了點偏差記錯了，要不就是你運氣好活了下來呢？」

他：「我想過，只能說，也不排除有這個可能吧。但是我不怎麼相信我的記憶會出現偏差。最近一段時間，我都在研究關於量子自殺的理論，我愈來愈覺得這個理論可能是真的。」

我：「你不會還想去做自殺實驗吧？你別忘了去年你被送到我這來的時候，你的老婆怎麼叮囑你的。」

他笑了：「我知道。其實量子自殺這個理論有一個侷限，那就是只有作為當事人的我能夠證明我自己在另外一個世界活了下來，在其他人，比如你，或者我在這個世界的老婆眼裡，我還是死了。」

我：「你都想這麼清楚了，我覺得你的精神狀況都不能更好了，為什麼還要到我這裡來呢？」

他笑了：「我到你這裡來，不單單是因為我不會死。而是因為我發現了量子自殺的另外一種特殊用途。」

我覺得有些不可思議：「用途？自殺還能有什麼用途？」

他笑著說：「我發現，如果一個人真的一心一意求死的話，那麼他就可以心想事成。」

我：「這話是什麼意思？」

他：「你想想，根據量子自殺理論，不管你怎麼自殺，總有一個世界的你是活了下來的，你總是死不掉，就像個不死人一樣……可是，如果你每次穿越到了那個世界，就繼續一心求死的話，會出現什麼情況呢？」

我：「這簡直就是變態吧？有誰會做這種蠢事？」

他：「我是說假如——假如你真的百分之百一心求死，而且一次沒死就立刻嘗試第二次、第三次……一直到你必死為止，那麼不管你到了哪個世界，你的主觀死亡機率都會是百分之一百。所以，那些平行世界為了打消你這種一心求死的心理，就會盡量滿足你的心願，讓你留戀這個世界，不想去死。」

我有些毛骨悚然：「怎麼你說得好像這個世界有某種意識似的？你是有神論者嗎？」

他搖搖頭：「我一直是個無神論者，但是有時候，有神論和無神論劃分得並沒有一般人想的那麼清楚。」

我：「可是你說只要你一心求死，整個世界就會滿足你的心願，這也太玄了吧？按照你的說法，假如我沒有中彩券，我就自盡，那我豈不是就能中彩券了？」

他：「那是當然的，只要你意志足夠堅定，抱著不中彩券就絕對自盡的想法，就能成功。」

我：「那這麼說，假如我想成為世界首富，或者當上總統……這種無理取鬧的願望也能實現了？」

到了這一步，我終於明白了他為什麼會來到我這裡。恐怕他已經被他的那種瘋狂理論所誘惑，迫不及待想要用自盡的方式來實現自己的心願了。

他對我眨了眨眼，只是笑笑，沒有繼續說下去。

之後，我們沒有就這個話題繼續聊下去，更多的在於我對他的開導上。但是，比起他的那一套看起來邏輯嚴密的理論，我的說詞顯得很無力。

最後，我建議他，不管內心抱著對世界怎樣的看法，至少在家人面前，要盡量表現得像個自然人，畢竟這個世界，還是凡人居多。

他點頭同意了。他離開的時候，他突然湊到了我的耳邊，笑眼彎彎，悄悄地說：「你知道我當年是怎麼考上全國名牌大學、成為一級教授、又追到我現在的老婆的嗎？」

聽到他的話，我略一皺眉，隨即如遭雷擊，整個人僵在門診室裡，一直到門關上後，也半天都沒有說話。

從那之後，我就沒有再和他見面，不過有過兩三次簡短的電話聯繫。根據我的瞭解，他現在生活狀況挺好，也沒有再嘗試過自殺。

在他的家人、親友面前，他完全表現得和平常人一般無異。

而這也是我們從事這一行的最高目標，作為精神科醫師，我們的目標從來不是要根治患者的精神疾病，因為很多精神症狀深深植根於人的世界觀中，甚至有些病人根本就算不上病人，他們只是比普通人更早一步發現了這個世界不為人知的另一面的先驅罷了。

我們能夠盡力做到的，就是讓那些難以被普羅大眾接受的先驅者們、智慧超前者們提高演技，在社會生活中裝出普通人的模樣，做普通人該做的事、該遵守的規則，隱瞞自己的異乎尋常，盡可能在不暴露自己另一張臉孔的前提下安穩地度過一生。

在很長一段時間裡，靠量子自殺來實現我的人生願望的巨大誘惑曾讓我一度痴迷，尤其是在我人生不如意的時候，我甚至險些以身效法，但是當水果刀無情地劃過我的手腕，割破了一層淺淺的表皮時，來自身體本能的痛楚和眼角滲出的淚水還是阻止了我。

不管這個世界是不是真的，至少我相信我的眼淚是真的。

無處藏身

他大概是我見過的最奇葩的病人。

我們談話的地點不在門診室，而是在醫院附近的公園草坪上。原因是不管他家人怎麼勸說，他都不肯到門診室來。

他沒帶手機，也沒戴手錶，炎炎烈日下還穿了長褲、長袖衫，但腳上卻是一雙拖鞋。

他整個人蜷縮著，抱腿坐在草坪的平坦處。

我問：「為什麼不去我那邊坐坐？」

他搖搖頭：「你那邊環境太複雜了，我不敢去。」

我：「環境複雜？你是說我那邊人太多嗎？」

他：「不是，我是說你那邊各種醫療儀器啊、機器設備啊太多了，很不安全。」

我：「怎麼說？」

他：「首先，你的門診室裡有電風扇嗎？」

我：「有啊。不過現在有空調了，基本不怎麼用。」

他：「那你聽說過吊扇在旋轉的時候砸下來把人的耳朵、腦袋削掉的新聞嗎？」

我：「……」

他：「還有，你的診所裡有針筒和針頭嗎？那東西也不安全，聽說過醫生打噴嚏的時候針頭扎進眼睛裡，把眼珠了都給戳穿的新聞嗎？」

我：「這個……我倒是沒有聽說過。」

他：「你那邊還有酒精燈和電爐吧？那東西也不安全，我看過新聞，有電爐短路的時候引燃了酒精燈，結果整個房子都燒成了灰燼。還有你經常擦拭窗戶嗎？如果不經常擦的話，有時候下大雨雨點附著在窗玻璃上，太陽光照在雨點上，會起到放大鏡的效果，把你門診室裡的酒精啊、紙片什麼的給點燃，也很不安全。」

我大概知道這個病人的問題所在了，他有很嚴重的被害妄想症。

我：「所以你選在這座公園裡跟我見面，是因為這裡比較空曠，是嗎？」

他點點頭：「是這樣的。空曠的地帶危險因素相對少一點，除非隕石啊、冰雹啊，或者飛機廁所裡的冰塊砸下來，否則很難死人。」

我打量著他的穿著打扮：「那這麼熱的天，你為什麼穿這麼厚的衣服，這麼長的褲子，卻穿了拖鞋，也是為了安全？」

他點點頭：「是啊。你不知道天氣什麼時候會變冷，不是嗎？有時候萬一突然下暴雨，或者下冰雹，你又一下子回不了家，不是會感冒嗎？那會增加你死亡的機率，穿得多了可以挽起袖子，或者脫下外套來散熱，但是穿得少了的話，人在外面就沒辦法增加衣服了，是吧？」

我點點頭：「那你的鞋子是怎麼回事？」

他指了指他的拖鞋：「我不喜歡穿有鞋帶的鞋子，那會增加絆倒的機率，我看過新聞，說地球上平均每天都有八百萬人摔倒，很多人還從台階上摔下來，頭破血流。絆倒是人類最大的殺手之一。我可不想增加我絆倒的機率。」

我：「你就這麼覺得你會死嗎？你都活了三十多年了吧？你活了這麼久都沒有死亡，就足以證明你的身邊是安全的啊。」

他猛地搖頭：「不，活得愈長，出事故的機率也就愈高，你知道嗎？我用公式計算過啊，地球上每天因為各種原因死亡的人數量是十五萬，那麼你今天死亡的機率就是五萬分之一，而我現在活了三十四歲了，三十四年，一萬兩千多天，這麼一算，我今天就死的機率已經超過五分之一了，你不覺得我現在活著是很大的幸運嗎？」

我突然感到一陣毛骨悚然，心裡吹起了從來沒有過的冷風。

他看著我：「從機率論角度來說，不管一件事發生的機率有多低，只要樣本次數夠多，就一定會發生的。就算今天我不死，明天也有可能死。」

我：「那你總得出去吧，你不去人多的地方嗎？」

他：「能不去的話，我盡量不出門，就算出去，也是挑晚上車少人少的時候，走的也是小路，絕對不走大路。現在網路方便了，我買東西都是網購，一次買好幾天的分量，在用完之前又訂購，這樣就可以避免出門了。」

我：「那工作呢？你總得上班吧？」

他：「我原本在銀行當信貸員，現在他們給我病退了，我拿銀行的補助金。不上班。」

我：「那你平時就在家裡悶著，做什麼呢？」

他：「有時候會看看書，或者聽聽歌，但是不看電視。就算看了，也要保持一定距離。」

我：「為什麼呢？」

他：「我看過新聞報導，說有人家裡電視機爆炸了，那個慘啊，半張臉都沒了。嘖嘖嘖。」

我：「玩手機嗎？」

他：「絕對不玩那東西，最危險了。除非不得不打電話，否則我是絕對不會用的。」

我：「為什麼，手機也會爆炸？」

他：「手機當然會爆炸，手機電池充滿了電就會不穩定啊，要是繼續充電，或者有外界刺激，就會爆炸啊，我看過新聞的，聽說手機爆炸威力不亞於手榴彈，有些人就是被手機給炸死的。你玩過手機吧？如果你一邊玩遊戲一邊充電的話，手機電池就會變得很熱，那肯定是馬上要爆炸的徵兆啊。」

我下意識地摸了摸我褲子口袋裡的手機：「你是什麼時候開始這樣的？」

他想了想：「有好一段時間了，大概是去年三月分開始的，那段日子我特別倒楣，就像被楣神纏身了似的，什麼都不順……我女友就是被車撞死了；我媽在做針線活的時候戳破了手指；我晚上洗澡的時候也會莫名其妙地滑倒；進門時，腳趾頭磕在門欄上還痛得要命！後來我還被鞋帶絆倒過一次，整個人都趴在斑馬線上，離我不到十米的地方就是一輛高速衝過來的汽車啊，你不知道那種場面有多可怕，遠光燈照得你整片視野都白花花的，耳朵裡被叭叭的喇叭聲填滿，大腦一片空白……那段日子裡，我想得最多的就是死。後來我在網上看到了一篇文章，裡面講的就是一千種離奇的死法，那時候我就想，人活著真是不可思議的事啊，身邊這麼多會讓你死的因素，連喝口水、摔一跤都可能會死，我們卻能活到現在，真是奇蹟。」

我：「這麼看來，是你的那段經歷導致你精神緊張了？」

他：「不是這樣的，那段日子雖然讓我感覺處處危機，但是畢竟是短暫的，真的讓我感到不安的是後來，我用公式計算了一下，發現人活著的機率實在是太低太低了。你想想看，你不管做什麼事，身邊都肯定會有讓你死亡的機率存在的。比如說腳邊的一塊尖石、地上的一根螺絲釘、飯碗裡吃出的一根鐵絲，或者你洗澡時瓷磚上小小的一灘水漬啊、一塊肥皂等，這些都是會讓你死的因素。就算每種因素導致你死的機率只有一兆分之一，人躲過那些危機的機率是一兆分之九千九百九十九億九千九百九十九萬九千九百九十九，但是如果你不斷地把身邊各種因素乘起來，就會發現一個人倖存的機率會愈來愈低，愈來愈低，這個數值會指數一樣下降，最後連百分之一都不到！」

我：「可是就算這樣，但現實來說，也只是少部分人會碰到意外吧，你犯不著這麼杞人憂天不是嗎？」

他：「每個人都抱著僥倖心理，以為自己會是那少部分，但是誰都不會來保證你不是那少部分！你有過這樣的經歷嗎？在一段時間裡，你會覺得你特別倒楣，做什麼事都不順，就好像上天有意在捉弄你似的，明明你平時都不在乎的一些細節小問題，偏偏在你遇到一件麻煩事後像爆炸似的全都浮現出來，讓你措手不及？」

我：「這個經歷我是有過，但是說起來，每個人肯定都多多少少碰到過這種事吧？」

他：「不，那不是偶然的，其實那時候是『災難機率波』伏在了你的身上。」

我：「災難機率波？」

他：「這件事我只跟你說，你千萬別說出去！其實每個人遇到倒楣事，或者要碰到意外快死的時候，都是有徵兆的。這就像是一座機率組成的波浪一樣，在到達那座機率波的波峰的時候，就是你最倒楣，或者你死亡的時候，而在機率波的波谷地段，就是出現徵兆的時候，機率波愈是靠近波峰，徵兆也就愈是明顯。」

我：「你是說，災難就像是一種活著的、會運動的生命體，它就像風暴一樣，有著運動的規律？」

他點點頭：「對對對，就是這個意思。整個地球上全人類組成的人網，就是災難機率波運動的海洋，人的生命，就是它的食物。每次有人遇到不幸或者死亡，就是災難機率波出來覓食的時候。如果你能夠掌握災難機率波在人網中運動的規律，你就可以避免死亡，趨吉避凶。但是我還沒有計算出災難機率波的規律，所以我只能夠盡量讓自己遠離災難機率波，顯得安全些。」

我：「那你就打算一輩子這樣躲在家裡嗎？」

他神祕兮兮地：「我也沒有辦法呀，因為死亡無處不在啊！不過我現在正在研究災難機率波的運行規律呢，等我研究出來了，我就不用怕它了。」

我笑起來：「那你覺得，如果真的有災難機率波這東西，它的本質會是什麼呢？不會是妖怪吧？」

他小聲說：「說不準！但是我隱約覺得，災難機率波能夠掌控人類的生死禍福，控制整個世界的走向，它這麼厲害，它的本質，可能就是……」

然後他湊上前來，緊張地對我說了兩個字：「上帝。」

***

後來因為這位患者的神經高度過敏，在他家人的強烈要求之下，他進行了三個療程的抗精神病藥物治療。

一個月後，他出院時神色好多了，眉宇間的緊張勁道也消散了。當我問起他當初對我說的關於災難機率波的事時，他只是笑笑，悄悄告訴我說他有空還會繼續研究那個。

我半開玩笑地說，如果你真研究出了災難機率波的運行軌跡，那一定要告訴我，好也讓我趨吉避禍。

他說他一定會第一時間告訴我。

就這樣，我們握手相別。

自從那次相別後，已經過去了將近六年的時間。我後來打聽到關於他的一些小道消息，聽說他過得很好，不但事業順利、家庭美滿，而且還在股市裡大撈了一筆，買了兩間房兩輛車，還有了一對龍鳳胎。

我有空的時候經常想，也許他真的計算出了災難機率波的運行規律吧。

但是，他為什麼沒有告訴我呢？

黑暗中的眼

他燒光了房間裡的被套、枕頭、衣服、掛飾等一切棉織品和布製品，還砸壞了房間裡所有的家具、擺設，然後把房間都清得空空蕩蕩，只剩下天花板上那盞高功率的吸頂燈，把整個房間都照得一片雪白通亮。

他就躺在正中間的地板上，一開始他還勉強能夠忍受，但是一個月後天氣轉涼，他再也堅持不了，在家人的強迫下，他住了院。

我：「你為什麼把眼睛用黑布遮起來？」

他：「因為這樣我就可以不看到它們了。」

我：「它們是誰？」

他：「眼睛。很多的眼睛。」

我：「哪裡有眼睛？」

他：「到處都有，什麼地方都有。只要是有縫隙，有陰影的地方，都有眼睛。」

我四下看了看，看到離我最近的一張急救床，我指著床板下方的陰影：「你摘下布條看看，那條床板下有眼睛嗎？」

在我的幫助下，他摘下了眼睛上的布條，稍微看了一眼我所指著的床板，他突然發狂地抱頭尖叫：「布條給我！有眼睛！好多眼睛！好多好多眼睛！」

到了這裡，我已經大致清楚了這名患者的病情。

他患的是被監視妄想，這是一種偏執型的人格障礙，在這些患者的世界觀裡，他覺得整個世界都在監視著自己，內心會有強烈的不安感和恐懼感，嚴重點的甚至還會採用極端的方式擺脫這種困境，比如自殺。

對於這種病情，我們一般都讓患者及時服藥治療。

我：「蒙上眼睛就好多了嗎？」

他：「好些了，雖然我知道那些眼睛還在我身邊，但是起碼我看不見它們了。難道你看不見嗎？」

我：「我當然看不見啊。可是就算有眼睛又能怎麼樣呢？它們會傷害你嗎？」

他：「當然會啊！那些眼睛盯著你，當然是有目的的。它們就是在盤算著，等著你什麼時候沒有防備了，就來害你。」

我：「眼睛能怎麼害人呢？」

他：「眼睛只是它們的一部分，它們的本質是黑暗，你一疏忽，它們就會走出來，把你拖進黑暗裡。」

我：「那然後呢？死了嗎？」

他：「不是死了，而是你也會變成其中一雙眼睛，把更多的人拉進黑暗裡。」

我感到脖子有點發涼：「是只有大一點的縫隙才能夠看到眼睛嗎？」

他：「不是，不管大小，只要是縫隙，裡面都有眼睛。小一點的，像是鑰匙孔，那裡也有眼睛，門縫底下，也有眼睛，你有試著爬到門縫底下看過嗎？門縫底下的眼睛最恐怖了，它經常害你，你出門的時候會不會沒來由地被絆一下？其實那就是門縫底下的眼睛想要殺你。還有有時候家裡明明沒有開窗，也沒有風，但是門會自己關上，其實那就是門縫底下的眼睛搗的鬼。」

我：「你經常在門口絆倒嗎？」

他：「以前有過幾次，後來我把門縫下面用塑膠泡沫堵嚴實了，就沒有再摔倒過了。不過那些眼睛又跑到別的地方了。」

我：「別的地方？」

他：「是啊，跑到我房間的每個角落，比如說吊燈上面，我一抬起頭，就能夠看到吊燈的陰影區有一雙雙眼睛盯著我，我索性把吊燈也給拆了，換成了沒有縫隙的吸頂燈；還有畫框下面的陰影區，也有眼睛，我就把畫框拆了。但是那些眼睛不管怎麼樣都趕不走，而且離我愈來愈近了。有幾次我看到它們在床頭櫃和床之間的縫隙下面死死地盯著我，我側著睡的時候眼睛往下一歪，就能夠看到它們，真他娘的恐怖啊，眼睛睜得死大死大的，那根本就不是正常活人的眼睛，那分明是死人的眼睛啊，眼白很大塊，裡面還有血絲，瞳仁又沒什麼光彩，真是嚇死人。」

我：「所以你為了不看到這些眼睛，就把你房間裡的家具都給砸了或者清空了？」

他：「有什麼辦法呢，我總得睡覺吧。我把床頭櫃搬了，起碼能夠側著睡了啊。不過，很快我發現我那樣做根本就沒有用啊。我搬了床頭櫃，還以為能睡安穩覺了，可是，把床頭櫃搬空的那天晚上，我一進房間，把被子一掀開，差點嚇得魂飛魄散。那些眼睛全都跑到我的被窩裡來了，我一掀開被子，它們就齊刷刷地盯著我，那些眼睛睜得又大又圓，還滿是怨氣，很明顯是想要殺了我啊！」

我：「然後你就把被子給燒了？」

他：「燒了啊。我那時候真的快嚇死了，看到被子裡的那些眼睛，我二話不說就提起被子跑到廚房裡，倒上菜油，把被子給燒了個乾乾淨淨。我老婆不理解我啊，還說我瘋了呢。其實我根本就沒瘋，我清醒得很，只是她看不見那些眼睛而已。」

我：「之後你又把你的衣服、枕頭都給燒了？」

他：「燒了，都燒了，燒得一件不剩。衣架、衣櫃、枕頭下面，床底下，也全都是眼睛，你想想看，你晚上睡覺的時候，你的腦袋壓在枕頭上，而跟你隔著一個枕頭的下面縫隙裡，就有一雙人眼睛，你還能睡得著覺嗎？」

我：「我能想像那種場景了，是挺嚇人的。」

他：「就是說啊，我老婆一個勁地說我瘋了，還跟我鬧離婚呢。那天我跟她吵架，她拿起高跟鞋想砸我，結果她一舉起高跟鞋，我跟她說鞋裡面有隻眼睛在看著她，把她給嚇哭了。」

我：「換成任何人都會怕的吧，更何況是女人。」

他：「哎，沒辦法啊。」

我：「那別的地方呢？難道只有你的房間裡有眼睛？」

他：「有啊，我說過了啊，哪裡都有眼睛啊。走在街道上的時候眼睛多到數都數不清，車子的輪胎和車身的接縫處、車門裡、臭水溝裡、房子跟房子之間空出來的縫隙裡，樹葉叢裡，反正你想得到的有縫隙的地方都有眼睛，密密麻麻的，那個瘆人，有時候你看久了，頭皮都會發麻。」

我：「那你是不是不怎麼上街？」

他：「不是，我經常上街。因為街上眼睛雖然多，但是人也多啊，就算那些眼睛要抓人，也不一定會抓我是不是？」

我：「這麼說，那些眼睛並不都是在看你一個人了？」

他：「不是啊。一開始我也以為那些眼睛都是在看我，但是有一次我放大了膽子，仔細在路上觀察了那些眼睛，發現那些眼睛的瞳孔朝向並不一致，只有一部分眼睛是在看我的，還有一些眼睛在看其他人，像是路人啊，司機啊，店家攤主之類的。」

我：「那看你的眼睛比較多，還是看別人的眼睛比較多呢？」

他：「那就得看人了。」

我：「看人？」

他突然神神祕祕地壓低了聲音：「其實我發現了一個規律，你不要說給別人知道。」

我：「行啊，什麼規律，這麼神祕兮兮的？」

他：「你千萬別告訴別人啊。我發現，一個人看他的眼睛數量，跟那個人造的孽深不深有很大關係。」

我：「造的孽？」

他：「是啊。我表弟的公司裡有一個職員，是個胖子，老是打他的老婆，脾氣暴躁，得罪的人很多，據說他還殺過人，關進過籠了。我有一次見到他，發現他背後的陰影區裡全他媽的是眼睛啊！那些眼睛數量比別人多了好幾倍，而且每雙都死死地盯著他，眼裡都是怨氣，他走到哪，那些眼睛就跟到哪兒，實在太嚇人了！現在想起來我的心都怦怦跳呢。」

我：「是嗎？那可真是詭異啊。那還有其他眼睛比較多或少的人嗎？」

他：「有啊，菜市場裡殺豬的那些人，背後的眼睛就特別多，還有司機和員警，特別是交警，背後的眼睛也特別多，我想可能他們平時得罪的人太多了。有一次我看到一個司機打開車門的時候，車盤底下全是密密麻麻的眼睛，我嚇了一跳，我猜那個司機肯定撞死過人。」

我：「那眼睛少的呢？」

他：「醫生身邊的眼睛就少一點，因為醫生救的人多啊。但是庸醫不是，有時候你看到一個醫生身邊有很多眼睛，就知道他肯定是個貪汙受賄的庸醫，害死過人。」

我：「哦？那你看我身邊的眼睛多嗎？」

他：「不算多吧，比普通人要少一點，但是比起那些內科手術醫生要多一些，算是中等水準吧。我想你肯定是個好人，但是還不夠好，說不定有過幾次誤診。」

我笑起來：「你這個說法真是有趣，就當你說的是真的吧。還有其他眼睛少的人嗎？」

他：「有啊，還有小孩子，小孩子身邊的眼睛也特別少，大概沒多少人會怨恨小孩吧。女孩子比男孩子少一點，大概因為女孩子不那麼野蠻吧。對了，有一種人，他們身邊是沒有眼睛的。」

我：「那是什麼人？」

他：「對啊，那就是火葬場裡工作的扛屍員，他們就沒有眼睛，大概是因為他們身上的陰氣太重，那些眼睛把他們當成同類了吧。」

我：「你相信這個世界上有鬼？」

他：「不，我以前是個無神論者，只相信科學，聽到老人談論鬼怪都會笑的那種。」

我：「那最開始是怎麼變成這樣的？」

他：「最開始是我看了一本雜誌，上面提到了什麼量子的觀察者效應，之後我就覺得這個世界愈來愈可怕，我感覺到這個世界上除了我們人類之外，到處都有我們看不見的智慧生命存在，只不過在有光的地方是看不到的，它們都躲在陰影區裡。然後我有時候就會下意識地看一眼身邊的縫隙，總想著能夠看到它們。一開始，我是看不到的，看縫隙就是縫隙，陰影區就是陰影區，什麼都沒有，跟你們一樣。但是有一天，我晚上上廁所掀起馬桶蓋的時候，突然就看到了，在馬桶裡面，有一雙眼睛在盯著我，從那以後，我就一直能夠看到了。而且時間愈長，能看到的就愈多。」

後來我透過同事的介紹拜訪了北京一名量子物理學家。

那名教授講解了一些關於觀察者效應的事，簡單來說，就是量子力學認為物體在沒有測量之前，都是以機率波的形式存在著，比如說我現在沒有出門看外面的山，那麼外面的山就既有可能存在，也有可能不存在。但是，因為根據我的經驗，一座山突然間不翼而飛的機率很小，所以透過經驗總結，我可以相信我不看山的時候，山依然在。用量子力學角度的說法，就是那座山存在那裡的機率很大，但是並不是百分之一百，那座山有可能在我沒觀察的時候在別的地方，比如說在月球上，或者火星上，只有當我看到了那座山，完全確認它在那裡時，它存在那裡的機率才是百分之一百。

專業點說，就是觀察能夠使得物體的機率波瞬間「塌縮」成為觀測到的現實。

那位量子物理學家還舉了個幽默的例子做比喻：一個男人跟別的女人劈了腿，他老婆知道後非常生氣，就警告丈夫說，如果他再去和那個小三約會，她就要殺了小三。但丈夫卻反問：「我不去見她，我怎麼知道她是活著，還是已經被妳弄死了？」

我的這名患者，就是因為知道了觀察者效應，世界觀受到了動搖，心裡產生了一種慣性思維，認為他沒有觀察或者看不到一塊陰影區裡的景象時，那裡存在著一個人或者非人生物的機率並不是百分之零，而是有一個雖然很小，卻不為零的機率值。

這個世界上，除了存在與不存在這兩個極端，中間其實還有另外一個詞，叫「潛在」。而這個世界上，百分之一百代表的存在和百分之零代表的不存在都太極端了，對於宇宙來說，那是很稀少的情節，其實真正占據這個宇宙大多數的，是潛在。

在六週的抗精神病藥物治療後，這名患者大致恢復了正常。所謂的正常，並不是說他看不到那些眼睛了，而是他已經接受了那些眼睛存在的事實，從而盡量不讓那些眼睛影響他的日常生活。

和我握手告別的時候，我瞇起眼，笑著問他：「你現在還能看到那些眼睛嗎？」

他沒有立刻回答我，而是臉色突然變得僵硬古怪，然後一聲不吭地轉身走了。

我感到無比詫異，卻沒有追問，只是目送著他離開。

幾天後，我和他電話聯繫提到這件事時，他才有些不情願地告訴我：「那天跟你握手的時候，我在你的眼縫裡看到了另一個人的眼睛。」

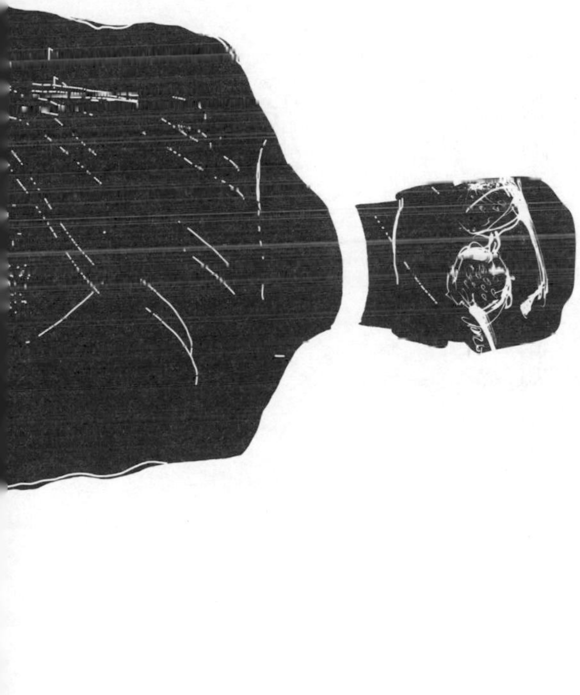

一念成佛，一念成魔

學歷愈高、知識面愈廣的人，出現精神認知疾病的機率就愈高。

這是我從醫八年得出的經驗，大部分精神病患者都沿循這樣的規律。

雖然在稱呼上都是精神病，但是每個病人發病的原因、表現和治療方式都千差萬別。我曾經在學術研討會上聽一位同事講過，他說每個人都有心理疾病，只不過大多數人的大腦裡有一個消防栓一樣的機制，當思維形成某種不利於生存的定勢時，這個機制能主動且及時地「剎車」。所以他說，精神病與其說是一種病，倒不如說是一種過分的偏執。

每個人都有一套獨特世界觀，與別人的世界觀是偏差的，最好的例子就是宗教信徒。中國大多數的神話傳說、民間趣聞，其實說穿了都是一群患有不同程度精神病的人士創造出來的，比如天狗食日、女媧造人、盤古開天、精衛填海、愚公移山、牛郎織女走鵲橋，這些故事，從精神病的角度來分析，其實不同程度都是一種錯誤的認知造成的錯誤世界觀，能夠想出這些故事的原作者，抱有的世界觀其實非常耐人尋味。

在精神病患者中，愈是高學歷的知識分子，就愈難以治癒，因為他們形成了一套邏輯嚴謹、思維嚴密的認知系統，比如說愛因斯坦的相對時空、牛頓的絕對時空、量子力學的平行世界等，如果沒有更有才能的人去駁倒這些世界觀，那麼那些世界觀的提出者就會對此深信不疑，甚至還能吸引一大批的粉絲，這一點，跟宗教有驚人的相似。

有一名病人是生物學老師，在生物學領域，她懂得比我多，但是後來她產生了交流障礙，甚至對人產生了恐懼心理。

在她眼裡，每個人都是怪物，我走進門診室的時候，她已經坐在那裡等我了，第一句話是：「你們來了。」

我：「我們？這次只來了我一個人，哪來的我們？」

她眨眨眼：「就是你們，現在說話的只是你們之中叫嘴巴的那位，其他的成員不會出聲而已。但是你們中，有些已經在和我說話了。」

我：「比如？」

她：「你的眼睛就在說話啊，看到我的時候，你的眼睛睜得大大的，又閃又亮，瞳孔焦距也集中到了我這邊來，這就是在說話的證據啊。還有你的手，看到我的時候，你的手下意識地上下擺動了一下，右手拇指和食指還磨蹭了兩下，這是你的手在表示歡迎我。」

我：「妳的觀察力很敏銳啊。」

她：「呵呵，我從小的時候我媽就說我的觀察力比其他人強，我總是能夠看到一些別人看不到的細節。」

我：「比如？」

她：「就說書頁上的紋理啊，在一般人看來，每一張紙都是差不多的，無非是上面的文字不同，但是在我看來，每張紙都有著天差地別，除了結構上大概相似之外，每張紙根本不是同類，你有仔細觀察過書頁上的紋理嗎？如果你仔細觀察，就會發現書頁上的紋理比人類的文字要複雜太多太多，那是大自然的語言。」

我：「這麼說，在妳眼裡，每一件事物都是不同的，根本不存在『類』這個概念？」

她：「差不多是這麼回事吧，類這個概念，只是人類為了方便統計才發明的詞。你想想，要是每件事物都不同，你要給每件事物都取名，像人名一樣打上標籤，說兩枝差不多的圓珠筆的時候，一枝叫長又細甲某某，說那件事物的時候叫長又細乙某某，那該多累啊。」

我：「那倒也是。」

她：「人也是一樣，在我看來，人其實是一個複合的概念。人這個概念，包含了腦袋、脖子、手、肚子、腳的組合，甚至更細緻點說，其實五臟六腑、五官組織都是獨立的生物，只是為了活得更久，所以這些器官生物組合在一起，互相幫助，通力合作，就像一個社會團體一樣，分工合作，才能活得更好。」

我：「這我知道，這涉及到中樞神經系統和周圍神經系統的工作分配。」

她：「是啊。但是其實中樞神經系統和周圍神經系統，是兩種截然不同的生命體，有著各自的意識。」

我：「這怎麼說呢？」

她：「舉個例子吧，當你沒有意識到你在眨眼睛、吞唾液、呼吸的時候，你的身體就會正常運行，是吧？但是如果我突然告訴你，你現在正在眨眼睛，你現在正在吞口水，或者你現在正在呼吸的時候，你是不是就會刻意地去調節感知一下自己眨眼睛、吞口水和呼吸的節奏？這就會打亂你原來的眨眼睛、吞口水和呼吸的頻率。因為你的意識對那些器官本來就有的意識造成了干擾，導致它們沒法正常工作了。」

我：「……」

她繼續說：「有好長的一段時間，我不管做什麼事的時候都忍不住會想到我在眨眼睛，我在吞口水，我在呼吸，結果眼睛的眨動都不能自己調節了，得了乾眼症，口水也不能正常吞下去了，老是含在嘴裡，一直到匯聚成好大一團的時候才能夠吞下去，還有呼吸也變得刻意了，不那麼自然了。」

我：「妳這種情況，可以試著轉移注意力，比如說多參加戶外運動，或者多看書。」

她：「那都沒有用，我總是忍不住要想回來，不管做什麼事，做著做著就又會想到我在眨眼睛，在呼吸。我總是在想，我再這樣下去，說不定我的身體就會分離。」

我：「身體分離？」

她：「就是身體的各個器官分開啊，它們嫌棄我的大腦老是打擾它們，就不再合作了，不聽我大腦的指揮了。」

我：「可是身體器官分開了，人不就死了嗎？」

她：「人死了對器官們來說是無所謂的，它們只要想辦法自己能活下去就好了。」

我：「可是離開了人這個整體，單獨的器官怎麼可能活下去呢？」

她：「辦法有很多啊，比如器官移植。還有就是器官離體培養，這個你是當醫生的，總知道吧？吊蘭、仙人棒、元寶草這些，只要摘下它們的一部分，去泥土裡插著就能夠細胞分裂，形成新的單個整體不是嗎？」

我：「可是那根本就不一樣嘛，植物細胞有全能性，人體的器官細胞沒有全能性啊。」

她：「人體也有啊，幹細胞就是啊。人體的各種器官裡都有幹細胞嘛。舌頭上有幹細胞，肝臟裡有幹細胞，胃也有幹細胞，奧地利還有科學家用幹細胞培育出了單個的大腦呢……聽說過腫瘤幹細胞理論嗎？其實癌症患者體內的腫瘤就是幹細胞聚合組成的新的器官生命體，那個器官生命體想要掙脫你的控制，所以才會吸收你的營養，讓你日漸消瘦。」

我：「可是單個的器官又沒有完整的功能，妳說它又不能捕食，又不能進食和排泄，怎麼能算是生命？醫學上的定義可不是這樣的。」

她：「笨，誰說器官就不能進食了？每個器官都是和血管相連接，靠血管輸送氧氣和營養的，這和胎兒用臍帶和母親相連接其實是一回事。胎兒其實不過是一個功能複雜點的腫瘤而已，人不過是一個個會走路會捕獵的腫瘤塊而已。」

聽到她的話，我下意識地摸了摸鼻子。

她笑起來：「瞧，你的海葵又在說話了，它告訴我說你的心動搖了。」

我：「海葵？」

她：「是啊，人的手掌其實就是海葵形狀的生命體啊，人的手臂就是蜈蚣一樣的節肢生命體，人的腳嘛，其實是和烏龜差不多的爬行生命體。人的胃，其實是和食人花很相似的植物生命體。至於腦袋，那就是更複雜的複合生命體了。」

我不禁有點噁心：「大腦是複合生命體？」

她：「難道不是嗎？你應該看過不少人腦的解剖圖吧，人腦神經最重要的那一塊就是腦神經和脊神經了，如果你把腦神經和脊神經從人體內抽離出來，你會覺得它像什麼？像不像是一條蝌蚪？其實人腦就是一個蝌蚪形狀的生命體。這也是人的真正形狀。至於四肢、軀幹那些器官，都是為了人腦這個蝌蚪生命體方便獲得獵物、營養的工具而已。如果把人的大腦單獨取出來，放在特殊的培養容器裡，給它足夠的氧氣和營養的話，大腦照樣能夠活。甚至如果醫學技術再高超點，還能夠移植到別人的身體裡呢。」

我：「這種報導我聽過不少。確實理論上，只要大腦移植順利，沒有出現排斥反應的話，大腦是可以在別的宿主體內存活的。」

她：「其實還不單單是這樣，我告訴你，大腦還不單單是一個生命體，它還是很多生命體，它就像俄羅斯娃娃一樣，分很多層次！」

我：「妳是想說大腦的每一個功能區都是一個生命體？」

她：「不，我是說，人類的大腦其實不單單是一個大腦，而是很多的動物大腦的組合！大腦皮質可是有六層構造呢，每一層的構造都有對應的功能。比如說，大腦最外面的那一層，是哺乳動物的大腦，像哺乳、社交、語言、邏輯思維啊，都是受到大腦皮質最外面的那一層功能區操控。稍微裡面一點的那層，就是爬行動物的大腦了，人的四肢運動、關節運動、肺部的呼吸活動、軀體活動、反射衝動之類的，就是受到那一層的控制。再裡面一點，就是兩棲類和魚類動物的大腦了，那裡就比較簡單了，只有聽覺、視覺、嗅覺、肌肉調節之類的功能。你看，人類的大腦看似只是單個的生命體，但其實它是個層層嵌套的生命體，它同時包含了猴子、老鼠、蜥蜴、青蛙、魚類的大腦成分，所以大腦是一種組合生命體啊。」

我：「那妳有什麼證據呢？」

她：「有啊，小孩子生下來放到水裡就能游泳，那是因為他們腦袋裡的魚腦在操控啊。人的脊髓前端有一個小小的隆起，那就是魚腦了。還有啊，有些人腦外傷，大腦皮質外層受損，結果連文字都看不懂了，沒有了邏輯思維能力，整天吱吱喳喳地叫，表現得就像老鼠一樣。而有的人受傷更嚴重點，那麼那個人就會整天無精打采地趴在床上，呼吸緩慢，一動不動，就像烏龜一樣。其實，除了我剛才說的那些之外，人腦還有蟲類和鳥類的大腦特徵，現在我就是在研究這個。」

我：「所以，妳說的這些，就是妳從太平間裡偷了三具屍體的原因？為了研究人腦？」

她笑了起來，充滿神性，魅力十足：「這也是為了學術的進步嘛。總要有第一個人站出來研究這個對不對？達文西畫畫還要解剖屍體呢。現在的醫學界啊，就是因為道德和法律的約束，連研究個人腦都要飽受譴責，真是太古板了。說到底，人都死了，屍體怎麼處置，那又有什麼關係呢？想想看，要是能把大腦研究透了，那能造福多少人啊？」

我：「其實我覺得妳根本沒什麼病，有些東西其實已經有理論了，比如說妳說的那個人腦是動物大腦組合的理論，我在學術論文上看到過，是國外一位著名的神經學專家提出的腦的三位一體假說。他也認為人腦分為爬行動物腦、舊哺乳類動物腦和新哺乳類動物腦，你們的思想簡直不謀而合。說不定，妳要是能採取點不那麼極端的做法的話，妳會是個學術界的天才。」

她的眼裡閃爍著精光，她忍不住激動地抓住了我的手：「真的嗎？那還真是巧。我現在就想去瞭解一下，那個人叫什麼名字？」

我：「嗯……讓我查查，好像是叫保羅吧？」我打開網頁，輸入關鍵字，「哦找到了，叫保羅．麥克林。」

她激動起來：「不行了，我得走了，我得去看看他的書，說不定會有很大的收穫。真的謝謝你了，謝謝！」

她像個得到了喜糖的小姑娘一樣蹦蹦跳跳地走出了門診室。

她病彷彿不治而癒了，一週以後，她完全結束了治療，離開了醫院。

沒過多久，我就聽說她真的去了美國，不知道是不是去找那位美國著名的神經學博士繼續她的腦科研究了。

聽到她去美國的消息，我想到的是英國詩人約翰・德萊頓說過的那句話：「天才與瘋子比鄰。」

一念成佛，一念成魔。

活在夢裡的女人

以現行的精神病診斷標準，只要是進了精神病院的，都是精神病。

一九七三年的時候，史丹佛大學心理學教授羅森漢恩曾做過一個實驗，他找來八位正常人，分別是一名研究生、二名心理學家、一名兒科醫生、一名精神病學家、一名畫家、一名家庭主婦。羅森漢恩讓這八人假扮病人前往各家精神病院就診，最後的結果是，每個人都帶出一張輕度精神分裂症的診斷報告。

這個實驗一度震撼了精神病研究界，它印證了兩件事：第一，人人都有精神病，幾乎沒有精神上完全健康的人，第二，一個人一旦被貼上精神病的標籤，那麼這個人其他的非個性化特徵就會被掩蓋，會被人戴上有色眼鏡對待。

她是一名女性，她患有嚴重的偏執型精神障礙，通俗點說，就是精神分裂症。

我：「昨天妳又和他見面了嗎？」

她點了一下頭：「嗯。見面了。」

我：「他這次長什麼樣，還是中年男人的模樣嗎？」

她搖搖頭：「不是，這次是一個女人。」

我：「妳怎麼知道他是女人，妳看清了他的臉？」

她：「我沒有看清她的臉，但是她有一頭烏黑漂亮的頭髮，還穿了一件紅色的長裙，腰細細的，所以我想肯定是個女人。」

我：「妳說他每次出現的時候樣子都不一樣，就沒有重複的嗎？」

她：「沒有重複。每次都不一樣，但是說的話都差不多，而且他的記憶有連貫性，所以我知道他們肯定是同一個人，只是樣子變了。上次是中年男子，再上次是個小男孩，再前一次是個老人。再往前我有點記不清了，好像是個學生吧，也有可能是更上一次。」

我：「那他這次跟妳說了什麼？」

她：「還是跟之前一樣的話，說要把我帶走，希望我能夠跟他一起走出這個世界。」

我：「那妳答應了嗎？」

她：「當然沒有，如果我答應的話，我現在肯定就不會在這裡了。」

我：「那妳做了什麼？」

她：「我害怕，我就尖叫，一直尖叫，叫到累了，我昏迷了過去，然後他就消失了。等我醒來的時候，已經天亮了。」

我：「只有妳一個人的時候，他才會來找妳嗎？」

她肯定地點了點頭：「對，有別人在的時候，他是絕對不會出現的，只有當我一個人的時候，他才會出現。而且大多數是晚上，很安靜的時候。」

我：「每天晚上都來嗎？」

她：「以前的話一兩個月才來一次，但是最近這段日子，他來得愈來愈頻繁了，最近兩個禮拜，他每天都會來找我。」

為了檢測這名患者所說的那個不存在的神祕人的事是否屬實，我所在的精神病小組特地在她的房間裡安裝了一個監控攝影機，錄下了她一個人在房間裡睡覺時的景象。

但是讓我們失望的是，我們並沒有拍到什麼可疑人物闖入她的房間和她有任何的接觸，錄影資料顯示這名患者一覺睡到了天亮，沒有任何異常。

第二天，我問她：「昨天晚上他來了嗎？」

她：「來了。但是好像有點猶豫。」

我：「有點猶豫？」

她：「他好像知道你們在拍他，但是又急著拉我走，所以只是站在遠遠的地方看我，沒有靠近我，我也沒有看到他，但是我感覺到他來了。」

於是那天晚上，我們沒有撤走她房間裡的攝影機，而是繼續讓攝影機拍下她整個晚上的景象。

半夜兩點多的時候，我接到了小組成員的電話，說有情況。我連夜趕去了醫院，看到了監控畫面上的景象。

因為攝影機是遠紅外線監控，所以畫面裡房間裡的一切事物都是黑白的，而我看到那名女患者，此時就站在房間的正中央，她穿著睡裙，筆直地面對著牆角站著，姿勢非常僵硬，完全不像是正常人的站法。

我問同事：「夢遊？多少時間了？」

同事：「給你打電話開始她就一直保持這個姿勢，已經有半個小時了。」

我：「她好像在說什麼。早知道就在她的房間裝一個錄音器了。」

畫面上，女患者站得筆直面對著牆角，幾乎背對著我們，從攝影機的角度只能夠看到她側臉的下頜骨部位，但是我看得出來，她似乎在對著牆壁說些什麼，聲音好像壓得很輕，看得出來她的情緒很緊張。

這樣的情況又持續了差不多二十分鐘，就在我們都以為不會再有更多的收穫的時候，她有了動作。

她突然趴在牆壁上，雙手張開，像是在掙扎似的用力地往牆壁上面爬，兩條腿也分得很開，緊緊貼著牆壁面。她那手腳並用的姿勢，像一隻烏龜。

同事：「她在幹麼，學烏龜嗎？」

我：「不是，看起來，好像是有什麼人拉著她的頭髮，她不想走，所以趴在牆壁上，想要抱住什麼東西反抗，但是牆壁是平滑的，她什麼也抓不到，就變成這樣了。」

女患者掙扎了差不多五分鐘，突然仰起頭，聲嘶力竭地哭叫起來，她摔倒在地上，兩隻手不斷地拍打著地面，兩條腿不住地踢蹬著。

我：「趕緊去把她叫醒！」

我們很快衝進了她的病房，把趴在地上的她給叫醒了，她披頭散髮，睡衣凌亂，臉上還沾滿了淚水，就像是受到了什麼人折磨似的。

花費了好大的力氣，我們才讓她的情緒平靜了下來，我給了她一杯溫水，然後把她帶到了監控室裡，讓她自己看錄影帶裡的畫面。

我：「看到了？根本沒有什麼人闖進妳的房間，只不過妳有很嚴重的夢遊症，妳應該是做了噩夢而已。妳以前知道妳會夢遊嗎？」

她：「不知道。」

我：「妳家裡人呢？」

她：「他們也不知道，我一個人租公寓住的。但是我想這應該不是夢遊。」

我：「怎麼說？」

她：「因為我當時根本沒有做夢啊。你看，在這段錄影畫面裡的我的眼睛是睜著的，我當時就是醒著的，我很清楚當時發生的事情，房間裡的每個細節我都記得一清二楚，我之所以站在牆壁面前，是因為夢外人這次是穿牆進來的，他就卡在牆壁裡面！只不過你們的錄影帶沒有把他拍下來而已。」

我：「妳說那個人叫夢外人？」

她：「是啊，他每次都這麼稱呼自己，說他叫夢外人。」

我：「妳以前可沒有這麼說起過呢。這次他長什麼樣子，妳看清他的臉了嗎？」

她：「還是沒有看清他的臉，不過我感覺他是個非洲人，因為他全身都是黑的。」

我：「那個夢外人還會變成外國人？」

她：「當然可以，他說他根本就沒有固定的形態，想變成什麼樣子都隨心所欲。他還說人類的外表只是他做的一層貼圖而已。」

我：「錄影上妳跟他談了差不多一個小時的話，你們說了什麼？」

她：「還是跟前幾次差不多的內容，他還是想說服我跟他一起走出這個夢中世界。」

我：「夢中世界？」

她：「對啊，夢外人告訴我，我現在待著的這個世界不是真實的，只是一個夢而已，其他人和我一樣都待在一個夢裡，我看到的身邊的東西都是假的，而他是來自夢外的人，只有他能夠把我從夢境中帶出去。」

我：「那妳有問他夢境之外的世界是什麼樣的嗎？」

她：「經常問啊。每次他來跟我見面，就會告訴我一些夢外世界的事，他告訴我說，夢外的世界跟我們夢裡的世界完全不同，可以做到很多夢裡的世界的人根本無法想像的事。他還親自給我示範過呢。」

我：「示範？他示範了什麼？」

她：「有一次，他拿了兩個手鐲來，問我能不能想出在不把其中一個手鐲弄斷的情況下把兩個手鐲互相扣在一起的辦法。我想了很久，想不出來，結果他兩隻手各拿著一個手鐲，做了一連串看起來很像是打結的精巧動作，那兩個手鐲就真的扣在一起了。我上去檢查了，發現手鐲真的完好如初，沒有一點缺口。」

我：「就像變魔術一樣？」

她：「對，但是夢外人告訴我那並不是變魔術，他說那不過是像九連環❷一樣，稍微動一點腦子就可以想出來的解法，我之所以想不出辦法，是因為我被限制了智力。」

我：「限制了智力？」

她：「夢外人是這麼說的，他說夢裡的人都被智力限制了，所以很多問題我們都想不明白，比如說我們沒辦法想像什麼是無窮大吧？但是夢外人可以輕易做到。我們沒法做到把瓶

❷ 一種源自中國的傳統益智遊戲。

蓋打開就把一個密封的瓶子裡的小球拿出來吧？但是夢外人就可以做到。夢外人還說，我們夢裡人沒辦法想像部分大於整體的景象，也沒有辦法想像圓周率那樣的無理數在現實世界會是什麼樣的東西。那是因為我們的大腦被數學和邏輯給鎖死了，但是對於他們夢外人來說，那是很常見的東西。」

我：「這次他向妳展示了什麼東西？」

她：「他說他來到這裡本身就是展示。」

我：「怎麼說呢？」

她：「他說，我能夠在我的夢裡和現實裡都看到他，他能夠打我，拉我的頭髮，一下闖進我的夢裡，一下又穿越到現實裡，還對我施加影響，而你們的錄影帶卻拍不下他，你們的眼睛也看不見他，這本身就說明了他那超出我們邏輯的能力了。」

我：「那他為什麼不來親自和我們說話呢？」

她：「他說他只把那些被他們選上的人帶出夢境世界，其他人他暫時不考慮。」

我：「所以妳被選上了，是嗎？」

她點點頭。

我：「這次妳是怎麼回答他的？」

她：「我讓他不要再來打擾我了，不管是不是夢，我願意留在這裡。結果他就生氣了，就想硬拉著我走，我掙扎著，掙扎著，然後就迷糊了，好像昏了過去，但是昏過去後我還在做夢，他又闖進了我的夢裡，拉著我的頭髮不放。再之後，你們闖了進來，我就被你們叫醒了。」

我和同事面面相覷，都保持了沉默。

那天以後，那名女患者還是每天都會碰到那名夢外人，她的狀況愈來愈差，根據她的描述，夢外人想要帶走她的手段愈來愈殘暴、愈來愈強硬，她說她快要崩潰了，已經受不了了。

十幾天後的一個早上，我接到了醫院打來的電話，說她死在病房裡，死因是失眠過度導致的心因性猝死。

我去看過她的屍體，她表情安詳，完全沒有猝死者的痛苦和猙獰特徵。

後來，當我偶然看到索福克里斯的作品時，讀到他曾說過的一句話，覺得最適合作為這個小故事的收場白：

「我看清了，我們所有活著的人，都只不過是空幻的影子，虛無的夢。」

我想，也許她只不過登出了我們這個夢境世界的遊戲程式，留下了一個代表著她曾用帳號的軀殼，去往了一個更真實的夢外世界。

穿越時空的旅行

他患有嗜睡症，一天至少要睡十二小時。大多數時候，他的睡眠時間長達十五小時，發病症狀表現為白天睡眠時間長，從睡眠到清醒的時間花費過長，而且很難透過反覆睡眠達到完全甦醒的狀態。他的嗜睡症病因還未查清，大腦檢查的結果確定其在生理上沒有任何問題，暫時確定是屬於精神疾病。

他一上來，就和我談哲學：「聽說過哲學三大終極問題嗎？」

我：「你是說『你是誰？』『你從哪裡來？』『你要去哪裡？』這三個問題嗎？」

他：「不對，哲學三大問題是『世界存不存在？』『世界為什麼存在？』『我為什麼是我？』」

我：「你經常想這些問題嗎？」

他：「這些對我來說已經不是問題。」

我：「哦？這到底該怎麼說呢？」

他：「很難說清楚原理，這個道理說到你能夠完全理解，我說上一個月也說不完，我只能夠用問答的方式循序漸進。你以前應該有想過，自己為什麼是個醫生吧？」

我：「因為我在大學的時候選擇的專業是心理專業啊。」

他：「不，我問的不是這麼淺層的問題。我問的是，你為什麼是你？你為什麼是出生在中國而不是日本或者美國？你我為什麼出生在北京的醫院而不是上海的醫院？為什麼你是現在這個姓名而不叫別人的名字？為什麼你的父母是現在這兩位而不是別人的父母？為什麼你不是比爾・蓋茲的兒子或者巴菲特的兒子而是你現在的父母的兒子？你為什麼會以現在這個身分來到這個世界上，而不是作為另外一個人存在？」

我：「這個問題誰都會問吧。人生總有不如意的時候，有時候一不如意，往往會想這種問題，希望自己過上別人的人生，不是嗎？就算我是另外一個人，比如說比爾・蓋茲的兒子，我也會問自己，為什麼我是比爾・蓋茲的兒子而不是一名精神科醫師是吧？」

他：「聽說過量子力學嗎？」

我：「怎麼又說到量子力學了？以前我跟不少人談話的時候，他們都談到這個。」

他：「因為量子力學強調的是隨機性和機率性，我之所以是我，也是一個機率性的事件。這個宇宙並不約束我一定要是現在這個我，我也可以是比爾・蓋茲的兒子，可以是美國總統的女兒，一切都是個隨機的事件而已。如果命不好，那也只是運氣的問題。」

我：「這樣也是一種說法吧。我覺得你思維還是挺清晰的，邏輯也很順。」

他：「你也贊同我的想法吧？其實，還不單單是這樣呢。除了『我』的概念是一個隨機性的事件，其實連宇宙也是一個隨機性的事件，宇宙可以是這個樣子，也可以是其他的樣子，就像不同的人生一樣。」

我：「你說的是現在很時髦的平行宇宙說法嗎？」

他：「不是平行宇宙，是多重宇宙！平行宇宙是基於量子力學的，而多重宇宙則是建立在宇宙暴脹理論上的！兩個概念完全不一樣，但是很多人總是把它們混為一談。」

我：「好吧，這方面我不是很懂。有什麼區別嗎？」

他：「區別可大著了。舉個例子，平行宇宙就像你的媽媽生了一個跟你長得很像的雙胞胎弟弟或者妹妹，你們是同源的，而且長得很像，只是在細節上不太一樣。而多重宇宙就好比你家裡來了個陌生人，他不是你的兄弟姊妹，跟你沒有任何血緣關係，但是長得卻跟你很像——當然，就算長得不像也沒關係，總之意思是他跟你不是同源的人。你以後要多瞭解瞭解，平行宇宙、多重宇宙、高維宇宙、異次元空間、亞空間、子宇宙、數學宇宙，這些壓根兒不是一個概念，其實多宇宙理論的種類多著呢，大多數時候我們提到平行宇宙，指的是量子力學的平行宇宙，但是其實其他理論都可以衍生出各自的多宇宙。」

我：「好吧，你懂得真的挺多的，或者說，挺雜的。這些東西我以前只是大概知道，卻並沒有那麼清楚。而且我們現在談的是你的身體問題，不是多宇宙。」

他：「我的身體可好著呢，完全沒什麼問題。你們之所以認為我有問題，其實是因為你們有問題。你們沒有長時間活在其他宇宙的能力，也不能記下在其他宇宙生活的記憶，所以才這麼說我。」

我：「你是說，你去過其他宇宙？」

他：「不是去過，我本來就可以同時活在多個宇宙之中，每天我睡覺的時候就可以穿越過去。你現在知道的我在這個宇宙的身分，不過是我在這個宇宙的一個印記罷了，我在別的宇宙還有很多別的身分。」

我：「我懂你的意思了。你是說，你每天睡那麼長的時間，是因為你的思想穿越到了別的宇宙去？這就是所謂的神遊天外？」

他：「是啊，我的思想穿越到別的宇宙去了，你們只能看到我的一個軀殼，所以才以為我睡著了，還說我得了嗜睡症，其實我在別的世界過得挺好。」

我：「別的世界是什麼樣的風景？」

他：「那可真的是說也說不清！什麼樣的世界都有，有魔法的世界，在那個世界裡，我有別的名字，用地球人的器官很難發出音來，只能夠意譯，叫星土，意思是星光和白土的混血兒。在那裡，我是一名樛司，就是類似於宮廷守衛一樣的職位，但是我們必須經過信仰的考驗才行。我不但會法術，還有三個老婆，還有兩個女兒一個兒子，我們過了十多年了，感情很和睦。還有一個宇宙裡，我就是一個機器人，身體都是鐵打造的，走路的時候叮叮咚咚地響，看東西就跟你們開了紅外線探測儀一樣，看什麼都是綠色的，還有很多數據會冒出來。那個世界很可怕，是我最討厭的世界，但是每次穿越過去都不由得我自己控制，真的讓我很苦惱。不過我最喜歡的是一個到處都是火的荒野世界，那個世界很小，比地球小多了，我是那個世界的一個部落頭頭，可以有很多的老婆，不過她們長得都不是地球人的樣貌，有點像蟬，那個世界食物很多，對我們來說整個世界就像是個糖果屋，我們不愁吃穿，只要每天瘋狂做愛就行了。」

接下來，他又孜孜不倦地花費了差不多四十分鐘跟我說了很多他在其他世界的見聞。讓我驚奇的是，他對於其他世界的細節描述非常的到位，我偶爾問他一些偶然想到的細節問題時，他都能對答如流。比如我問他他在那個魔法世界去過哪些地方買衣服，去哪裡買吃的，他不但把店面什麼的還原得很清楚，還描述出了那些店面的外形，甚至裡面的店員和經常光顧的客人。前前後後，粗略算起來，他至少跟我講了十一個宇宙的身分。

他：「我跟你說，有很多世界都很有意思，比如說吧，在一個世界裡我是跟水母一樣的東西，那個世界習俗跟我們地球完全不一樣，他們吃飯都是私人祕密，但是做愛卻是在公共場合進行的，很有趣吧？」

我：「你每天去的世界都是一樣的嗎？」

他：「大部分是一樣的，但是偶爾也會去新的世界，有時候我還會在別的世界死掉，那時候我在那個世界的旅程就結束了。」

我：「你每天只去一個世界嗎？」

他：「怎麼會。每天都起碼去五、六個世界，有時候我會在別的世界生活幾年再回來。」

我：「可是你一天也就睡十多個小時，怎麼可能在別的世界過那麼久？」

他：「都說了是別的宇宙嘛，那時間標準肯定不一樣了，別的世界過了幾年，這裡說不定才幾分鐘呢。」

直到最後我也很難相信他說的話，從直覺來說，我個人偏向於相信他所說的話是編造的謊言，擁有豐富的想像力。那樣的話，他有著成為一名作家的潛力。

後來，在他睡覺的時候，我給他做了幾次腦電圖測試，測試的結果顯示，他的做夢時間很短，只有短短半個小時而已。大多數的時間，他還是處於深度睡眠狀態。只是在快被叫醒的時候，他的腦波會變得異常活躍，就像在進行一場頭腦風暴，這種特徵有時候會出現在瀕死之人身上。而且當我在那個階段叫醒他的時候，他就好像還處在做夢階段似的，很難分清楚自己到底是在做夢還是在現實，要等思考幾分鐘後他才能夠分清自己處在現實中。而如果在他意識清晰之前入睡，再次醒來時，他會說自己做了一個被叫醒的夢。

我給他多次診斷之後，確認他有並不明顯的離子通道功能異常現象，也就是輕微的癲癇症狀，但這種症狀並不嚴重，所以之前的腦波檢測並沒有檢測出來。

對於他所說的話，我無法完全相信，所以只能夠按照癲癇症做診斷，並且採取癲癇相應的治療方法。

後來，我向量子力學教授講述了這名患者的情況，我問他對這名患者的病情的看法，一個人的意識，真的可以同時存在於多個宇宙之中嗎？

那位教授說，那就要看我們對意識和記憶本質的定義了，有一部分腦科學家認為人的記憶、意識不單單是大腦神經迴路構造的問題，還和電子信號密切相關。目前美國已經有了控腦技術，這種技術的本質就是電子精神控制，透過高靈敏的接收元件接收，並放大大腦活動所產生的微弱腦波電磁輻射信號，經專門的解碼軟體處理，就可讀懂大腦內部的思維活動，反過來透過向神經系統發射調製後的特定腦波信號，也可以向人腦直接寫入訊息，進而實現對人腦的直接遙控。

如果另外一個宇宙的他的大腦存在著信號發送器的話，是有可能把特定的信號傳輸進入這個世界的他的大腦的。

我對於教授這種說法感到不解，我本以為作為一名嚴謹的理論物理學家，他不會贊同這麼科幻的說法，但他卻笑著說：「科幻嗎？其實科幻就是人類的想像力，而科學發展到目前，已經愈來愈接近科幻了，甚至已經超越科幻和人類的想像力極限了。」

我曾經想，如果我能早出生個兩千三百年的話，莊子也會是我的病人之一吧。

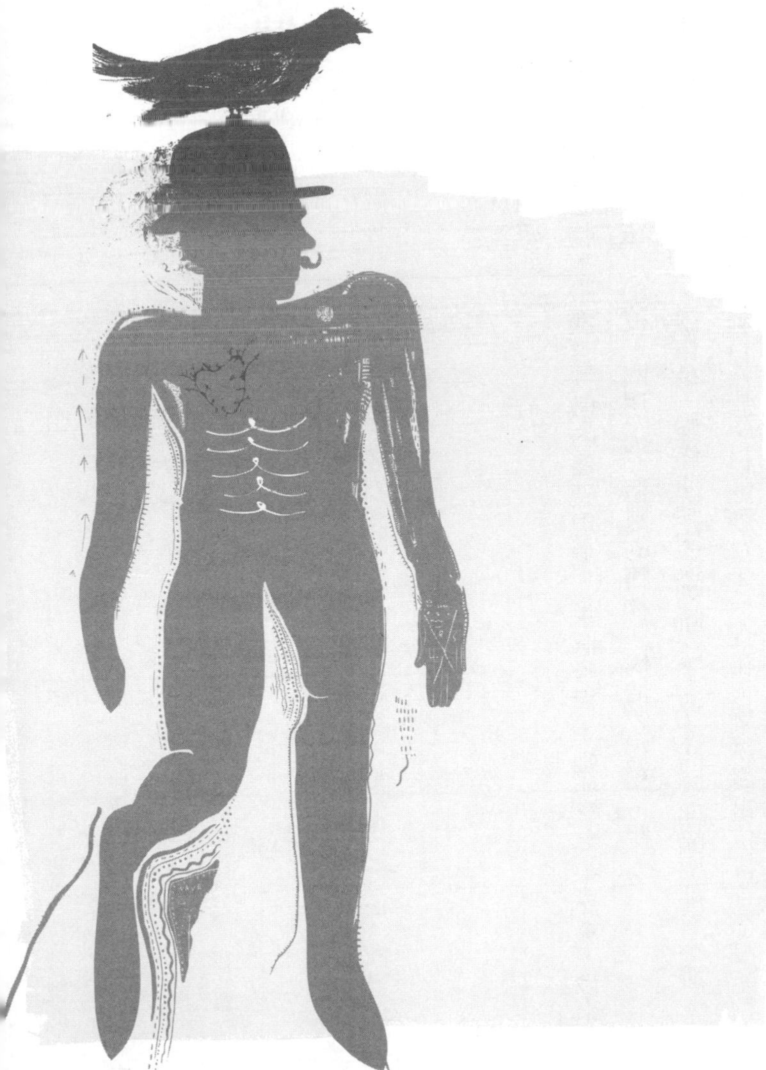

生命的時間線

這名患者患有嚴重的焦慮症。

發病初期，每天噁心嘔吐，臉部有輕微的僵硬現象，半個月裡，她瘦了三十斤❸。後來接受ACT（接納與承諾療法）治療，服用了三個月的藥物，病情才緩和一些。

她說，不管看什麼人都很模糊，就像是一條條運動的模糊軌跡，連人的臉部輪廓都看不清。

一開始她的家人以為她是患了眼科疾病，但顱腦CT檢查和視覺誘發電位檢查都沒能夠檢測出她的病因，最後的診斷結果是她的精神認知方面出了問題，需要接受抗精神病藥物和心理治療。

這是我們第二次見面，說了一些寒暄客套話後，我們就進入正題。

她：「像我這樣的病例常見嗎？」

我：「說實話，妳這種情況我真的是第一次碰到。不過國家精神衛生中心公布過資料，說全國至少有一億名各類精神病患者，至於有輕微的精神疾病和心理疾病，那就更多了。妳想想，大街上隨便都能找出精神病患者來，妳這樣的情況肯定也不少見，所以妳也不用太緊張。」

她：「我到現在看東西還是有些模糊。」

我：「跟最初比起來感覺怎麼樣？」

她：「好些了，以前我看到人臉的時候，是一團模糊的移動色塊，現在看你的臉，我勉強能夠看到你的眼睛了。」

我：「那妳能辨認出我和其他人的區別了嗎？」

她：「那要看其他人眼睛的大小了。」

我：「眼睛的大小？」

她：「對，如果像是女人的話，她們的眼睛占臉部的比例比較大，在我眼裡看起來就像兩個黑乎乎的大窟窿，彷彿可以伸進拳頭；看你的話，就只有乒乓球那麼大了。」

❸即十五公斤。

我：「那嘴巴之類的其他臉部特徵呢？」

她：「沒有嘴巴，只有眼睛，我只能夠在人的臉上看到眼睛，但沒有眼珠，也沒有眼白，每個人的眼睛都黑乎乎的，就像被挖掉了眼珠後留下的窟窿似的。」

我：「聽著還真嚇人，但看起來妳一點都不覺得害怕？」

她：「習慣了唄，一開始那幾天我都不敢照鏡子，鏡子裡的我也是一樣的沒有嘴巴，沒有鼻子，臉上只有一雙黑乎乎的洞，真是嚇人。」

我：「妳之前說，妳出現這種症狀，是因為去三味書屋看了魯迅的家族圖譜？」

她搖搖頭：「不是不是，你記錯了，不是三味書屋，是百草園裡的魯迅居所，兩個地方是分開的。」

我：「噢……那是去年五月分是吧？」

她：「是五月底的時候去的。早知道就不看那牆上的族譜了，現在我看什麼都不成人形了。真是煩人。」

我：「能詳細說說嗎？這次我帶了錄音筆，我希望……」

她：「我知道，你們醫院在搞什麼新人培訓五年計劃吧？錄下來是想把我的案例給那些實習生聽吧？」

我笑笑：「對的，是這樣的。不知道妳介不介意？」

她：「沒關係，你錄吧，反正也不是什麼大不了的事。」

我：「那我就錄了，如果妳身體狀況還可以的話，麻煩妳盡量把妳想得到的細節告訴我。這對妳的康復也有幫助。」

她：「其實這件事說起來你都會覺得不可思議。那天我去魯迅故居的時候，我一看到那面牆上的族譜圖啊，心裡第一時間就有一種說不出的恐懼感，好像看到了什麼可怕的真相似的。」

我：「嗯，這個妳上次說過了，妳還提到了樹狀生命之類的。」

她：「對對，就是樹形狀的生命。我看到魯迅的族譜圖，就是那個好像叫房族世系表的東西，看到上面那一條條的家族分支，不知不覺地就想到了一棵樹，樹根就是周逸齋，下一代是周南洲，那是比較粗的樹幹，然後一代代下來，直到魯迅三兄弟，周作人、周樹人、周建人，那就是小的樹枝了。你看，我還拍了照片。」

她給了我一張照片，那是她在魯迅故居裡拍攝的房族世系表，上面清晰地羅列著魯迅的家族祖上和世代房親。

我：「上次妳沒帶圖片來，這次看確實像是一棵樹。其實準確來說這個應該叫樹狀圖。」

她：「你也覺得很像樹是吧？那時候我看著這圖，就突然間悟了，腦袋瓜子像是被針給扎了似的，突然間就嘩啦啦地想通了。」

我：「想通了？」

她：「對啊，我一下子就想通了人啊、生命的本質之類的東西。我發現啊，人也好，動物也好，其實生命根本不是我們看起來的那個樣子。生命真正的形狀，其實是一棵棵的樹。」

我：「妳上次也是這麼說的，妳也說生命就是樹。」

她：「是啊，難道你不這麼覺得嗎？我們平常看一個人，會看他哪些東西？看臉，看身材，看手，看腿，對吧？」

我：「對啊，如果再細點，還有眉毛眼睛、鼻子、嘴巴、手指，說不定還有身上的穿著打扮，這很對不是嗎？」

她：「對是對，但是這不全面啊。平常我們看一個人，都只是看到了三個維度，就是長、寬、高這三個維度。但是，我們都忽略了另外一個維度啊，那就是時間維度。」

我：「可是時間維度要怎麼看？」

她：「很簡單啊，你看我的右手，眼睛模糊點，別盯得太緊，放鬆著，慢慢看。」說著，她伸出了她細細的右手，在我的眼前左右搖晃了幾下。

她：「你看到了什麼？」

我：「看到了……手？」

她：「不是，我是說，我的手掌在你面前晃動的時候，我的手劃過的地方是不是留下了運動軌跡？看起來就像是扇面一樣？」

我：「哦，我懂妳的意思了。妳說的這種現象其實是因為人的眼睛對圖像的滯留造成的，人的影像處理是需要一點時間的，如果一個物體速度太快，前面一個圖像還沒有處理完成，下一個就來了，就會出現這種情況。不過要是有些人的眼睛的清晰度高一點，反應快一點，看到的殘像就少了。」

她：「殘像這種事我聽說過，我懂啊。但是我這裡只是一個比喻，不單單是殘像的問題。我的意思，我現在這隻手之所以是我的手，不是某個其他人的手長得很像我的手的原因，就是因為我的這隻手包含了時間維度。」

我：「妳的意思是，我們要分辨兩個人的手的時候，不單單要看兩隻手長得像不像，還要考慮它們各自的運動過程？」

她：「嘿嘿，就是這個意思啊。你知道複製人嗎？」

我：「妳是說克隆人？」

她：「不是克隆人，是複製人！複製人和克隆人是不一樣的。克隆人，說到底就是從你身上抽出個細胞，然後放在外面的培養皿裡，慢慢培養長大，最後變得跟你很像。但是那原理其實跟雙胞胎是一樣的，克隆出來的人終歸只是跟你長得很像而已，如果你仔細去看，還是不一樣的嘛，可能鼻子稍微大一點，可能下巴稍微寬一點，也有可能眼角多一顆痣……但是複製人就不一樣了，複製人是用機器造出來的，那些機器可以從很細微很細微，細微到分子啊、原子級別進行仿造，造出來的人基本上就跟你一模一樣了，甚至就連思想都一模一樣，一般人根本就分不出來。」

我：「那要怎麼區分複製人和原主人呢？」

她：「在三維角度是已經分不出來了，因為兩個人的長度啊、寬度啊、高度啊，都一個樣兒，甚至連想法都可能一模一樣，這個時候，我們就得看兩個人的時間維度了。你得看構成兩個人的那些原材料是按照個什麼樣的時間軌跡運動、組合在一起。如果你知道兩個長得一樣的人中，一個人的身體細胞是從娘胎裡生出來的，然後就像穿針引線一樣，一路沿著時間軌跡，去過遊樂園，去過電影院，去過學校，直到你面前；而另外一個複製人的身體細胞是機器人裡列印出來的，沒有去過學校，也沒有去過電影院，一直以來就只在複製機器裡待過，就可以比較出來了。」

我：「妳懂得可真多啊，妳很喜歡看科幻電影嗎？」

她：「其實我看得不多，不過我大學的時候有個室友喜歡看，她老是跟我講這些。後來我也慢慢有點喜歡了。」

我：「這樣啊。可是妳說的時間維度該怎麼看呢？」

她：「要是我想通了現在就不會這麼發愁了。你想想看，你去銀行取錢，需要輸入密碼吧？櫃員還要看你的臉吧？」

我：「是啊。」

她：「我上次看到新聞，說現在已經有人臉識別ATM了，連密碼都不用輸了。」

我：「這個我也聽說過。不過還沒普及吧？」

她：「那東西普及不了，太落後了。其實現在人臉識別、指紋識別、虹膜識別、血液識別、聲音識別什麼的，都很落後，因為那些東西說到底都是可以被偽造的。你想想，人臉識別機器能識別長得很像的雙胞胎嗎？不能吧？就算技術高一點，如果有盜賊做了整容手術呢？聲帶也是，現在有很多複製人都可以人工合成聲音了啊。還有指紋、虹膜什麼的，好萊塢電影裡破解的辦法很多吧？那些識別技術之所以這麼落後，說到底就是因為那些開發人員太笨，只知道在三維層面開發識別系統嘛。如果能夠把時間維度也考慮進去，那麼不管兩個人長得怎麼相像，思想再接近，但說到底都還是兩個人嘛，因為構成他們身體的分子的運動軌跡不一樣啊，每個人都只有一條屬於自己人生的時間軌跡啊，能考慮到這個就可以淘汰那些人臉識別了，誰的錢都不會被偷走了，多好。」

我：「這個想法還真有趣，說不定這個世界上已經有人在做這方面的研究了吧。話說回來，妳說生命像樹，就是因為妳把每個人的時間維度都看了進去？」

她：「意思很接近了。那天我看了魯迅故居的族譜圖後，我就想到，其實每個人都是一條條運動的彩線，往回追溯，就可以追溯到每個人的母親，母親的母親、母親的外婆……一直延伸到最最早的祖先，那說不定還跟魚類、植物還是同一個老祖宗呢。人類是小樹，是地球生命樹上的一條分支，每個人的家族都是人類大家族上更小的分支，就像樹幹上的樹杈，樹杈上的樹枝，樹枝上的小樹枝，小樹枝上的葉子，葉子上的葉脈一樣可以不斷地分下去，而且愈是往後分，數量就愈多，最後多到數都數不清了……」

我：「就在那之後，妳看什麼東西都模糊了吧？」

她：「是啊，就是那天從魯迅故居走出來後，我感覺自己頭暈目眩的，連人臉都看不清了。看什麼東西都模模糊糊的，像是一條條的彩線，穿紅衣服的是紅線，穿藍衣服的是藍線，穿白衣服的是白線，就好像電視裡的模糊鏡頭那樣，不管怎麼看都看不清人臉啦。那時候我看到大街上到處都是一條條的彩線，還以為是我中暑了呢。」

我：「那妳看我呢？我是什麼線？」

她笑起來：「你現在是黑白相間的線，如果挽起袖子來，還會夾雜一點黃色。其實啊，我覺得生命根本就不是我們理解的那樣，是看得見的一個個個體。如果用時間維度這條線，像串珍珠似的把一個個分散開的生命串聯起來的話，像樹一樣延伸、分叉的家族族譜才是這個地球上唯一的生命，我們都只是它中間的一段樹杈罷了。」

接受了兩個月的抗精神病藥物治療後，這名患者出院了。

出院的時候，她已經大致能夠看清人臉了，視力水準接近0.1，和我告別的時候，她還揮手叫我「灰藍先生」。

看著她陽光般的笑容，我突然回想起了老子在《道德經》第二十一章中的玉言：「惚兮恍兮，其中有象。恍兮惚兮，其中有物。」

這世界，也許本來就沒有我們所想的那麼涇渭分明。

無臉人

最初，他只是不敢出門，走路時會時不時地回頭打量周圍，後來，他經常將自己關在封閉的房間裡。房間裡沒有任何家具裝飾，房間的牆壁一律是刷成雪白沒有汙漬的格調。他關上燈，把自己一個人反鎖在屋子裡，這樣才稍微有一些安全感。

他原本是個非常溫和的人，家庭和睦，人際關係也很好，但是發病後，他開始變得神經兮兮，行為古怪，甚至極其焦躁，還會發狂地掐住妻子的脖子，清醒之後又極其愧疚。

他第一次來到我的門診室的時候，我看到他渾身都在顫抖。他妻子說，他見到陌生人就會這樣。

他：「你們想對我幹什麼？」

妻子：「安靜點，我不是說過陪你來看醫生嗎？你再不來，你這個人就毀了，知道嗎？」

他：「這個哪裡像是醫生……他才不是醫生……他不是醫生……他分明是假的……假的……妳要把我帶給誰？」說著，他開始不住地用眼角餘光打量我，眼神多慮多疑，眼珠子不安分地轉動著，瞳孔的焦距顯得很不正常。

妻子：「你幹麼，別跑啊，好好坐下，仔細看清楚，他就是個醫生。我就在這裡陪著你，哪也不去，沒事的。」

一陣勸說後，妻子勉強拉住了他，但是我看到他的身子還是在不住地顫抖，從兩腿一直抖到手腕，就像巴金森氏症患者。

他死死盯著我的臉，調整了一會兒氣息後，才問我：「你真的是醫生？」

我：「你看我這打扮，難道不像嗎？」

他：「我看過很多穿得像你這樣的人，他們根本不是醫生。」

我：「那些都是假的，我是真的，不信你看。」

我把我的從醫資格證和執業證給他看，他疑神疑鬼地看了我半天後，還是不放心。

他：「不行，你側過臉去給我看。」

我不明白他的意思，但還是側過了臉去，沒想到他突然走上來然後一把揪住了我側臉下頜骨臉線處的肉，然後狠狠地擰了一把。

我：「喂喂喂，你這是幹麼？」

他：「對不起……你的臉看起來好像是真的……對不起了……」

我：「我的臉當然是真的，好好地長在我的臉上，難道還是別人的不成？」

他：「不，不是，有的人臉就不是他自己的。是假的。」

我：「假的臉？」

他：「對，我碰到過好幾次假臉人了，他們外貌變得和我的親戚朋友一模一樣，但是我知道他們是假的。」

我：「怎麼看出來的？」

他：「因為他們的臉上有線，就是側臉下巴跟耳朵骨交接的地方，會陷進去，有一條很明顯的線。正常人是沒有線的，只有假臉人才有線。」

我：「那些臉上有線的人會假扮成你的親人？」

他：「對，而且不只一兩次了。有一次我一個人在家休息，外面突然有人敲門，我一開門，看到我老婆買菜回來了，她拎著手提包，笑咪咪地跟我說話，就跟真的一樣。一開始我還很高興想她怎麼這麼早回來，但是她換鞋的時候我突然看到她的下巴到耳朵那個地方有一條黑黑的線。我就上前摸了摸，說老婆妳脖子擦了什麼東西，結果一摸我就發現那線條居然是一條接縫，好像可以拉開。我糊裡糊塗地就一扯，結果就把她整張臉都給扯下來了！」

我：「把臉給扯下來了?!」

他：「是啊，整張臉，撕拉一下，就像是一張面具似的給拉下來了。那時候我真的嚇傻了，但那個假扮我老婆的人好像沒有感覺似的，還一邊換鞋子一邊有說有笑的，我眼見著她慢慢轉過臉來，當場就嚇死了。」

我：「你看到了什麼？」

他把臉埋進了手裡，痛苦地說：「那不是人的臉……都是血，因為沒皮了，下面的脂肪、肉、牙齒、眼珠子、鼻孔什麼的統統就都露在了外面，連還在跳動的筋脈都能看得見，我當時嚇瘋了。」

我：「後來呢？」

他：「後來我手裡的那張臉皮掉在地上，就像融進了大理石裡似的，然後我瘋了似的抄起了家裡的花瓶，就衝著那個假臉人的腦袋砸過去，把她砸倒在地上，到處都是血！然後我趁她還沒爬起來就連鞋都沒穿就跑出了家門報警……」

我：「結果呢？」

他：「結果警察來我家一看，發現我家裡一個人也沒有，那個女人不知道去哪了，地上也沒血、沒人臉，就只有花瓶碎片……就說我有病，我跟他們解釋了半天他們不信，還罵了我一頓……但是我真的看到了啊……」

我：「之後你就沒有再見到那個女人嗎？」

他：「是沒有。但是我發現了一件更嚇人的事。」

我：「什麼事？」

他：「那個女人根本沒有走！她根本就一直在我家裡，那張人臉也還在！那張臉融進了我家大理石地磚的花紋裡，就那麼定在那了！每次我一低頭的時候，就能夠看到那張人臉在死死盯著我！不信你看，你看啊！」

說著，他真的掏出了他的手機，找到了一張他家大理石地磚的照片，展示給我看。

一開始我還真沒有看出什麼來，只覺得是普通的大理石地磚上黑黑白白的花點而已。

我：「哪裡能看出人臉了？」

他：「你再仔細看看啊，不就是一張臉嗎？這條黑點連起來的線就是輪廓，然後這兩個大點的黑點就是她的眼珠子，你看，她死死地盯著你呢！」

我又仔細地看了看那張照片，然後比對了一下站在他旁邊的妻子，突然間整個人都毛骨悚然起來。他說得一點也沒錯，地磚上的花紋構成的人臉，居然真的跟他的妻子有幾分相似。

他：「怎麼樣，一模一樣對吧？我那時候真的嚇死了，之後每次走過那塊地磚的時候就感覺背後冷颼颼的，這個女人好像在看我，後來我真的受不了了，就叫人來把那塊大理石磚給挖走換了一塊。本來我想這件事這樣也就結了，但是沒想到事情卻愈來愈詭異。」

我：「後來又發生了什麼？」

他：「發生了很多可怕的事。原本我只能在那塊已經挖掉的大理石上看到人臉，但是後來就不對勁了，我發現臉到處都有，無處不在！門板上木頭的紋理、馬路上的水泥地、紗窗上的花紋、窗玻璃上的汙泥，統統都變成了人臉，不管我往哪個地方看，都能看到一張張的人臉，有的在笑，有的僵硬，有的看起來好像充滿了怨氣，有小孩的，有大人的……有時候我的錢掉在地上，彎腰去撿，撿起來就看到剛才掉錢的地方一張人臉在對我冷笑，嚇得我都能一屁股坐到地上……」

我：「你現在能看到人臉嗎？」

他：「能啊，你這房間裡現在也到處都是人臉啊。你看看你背後的櫃子上，全都是滿滿的人臉，還有天花板上，也全是人臉，你這地面上的這些斑點，也全都是人臉，有幾個還是沒有鼻子的……太多了，真要算起來，起碼有幾百張了吧。你平時待在這裡難道就不怕嗎？每天跟幾百張臉待在一起……」

他的話聽到我有點寒毛豎起，雖然我知道他的精神狀況有問題，但是我還是下意識地朝著他指的方向看了看，結果我真的在鐵門上看到了一張模糊的人臉，那有點像是一張老太婆的臉，她板著臉，沒有眼珠子，只有眼白，還戴著一頂貴婦人式的帽子，似乎還穿著一件黑色的禮服，整張臉左右不太對稱。

我知道這不過是因為我的房門年數太久導致上面的鐵鏽結成了斑導致的結果，但是當我看到這張人臉的時候我還是嚇得脊背都是一陣發涼，我感覺到因為受到這名患者的影響，我的精神也開始變得敏感起來了。

我：「那你說的其他怪事又是什麼？」

他：「其他怪事太多了，就是在那個女人之後沒多久，我又碰到了冒充我的親戚的假臉人。那個人想冒充我舅，結果我嚇得直接把他從樓上推了下去，但是我下樓一看，樓下卻什麼也沒有，只有一灘水，那灘水看起來就像是我舅的臉，可是我舅好幾年前就已經得胃癌死了啊……還有一個人想冒充我媽，給我帶了一隻雞來，但是我一看她脖子上有黑線，嚇得我拿起了掃帚把她給打死了，結果我一恍神，發現地上什麼也沒有，只有大理石上一張跟我媽一樣的臉……還有一次，那假臉人還冒充我的一個朋友，我一看就知道他是假的，因為我那朋友跟我都二十多年沒見面了，他的模樣還是跟當初一模一樣，我直接跑進廚房拿起刀就把他的臉給劃破了，結果他的臉就那麼掉了下來……我知道他們肯定都是最開始那個假臉女人的同夥，他們是來報復我的……於是我就往街上跑，但是我發現街上的路人中，居然也有臉上有黑線的人，而且數量還不少。那時候我才知道原來假臉人一直都混在我們當中，跟我一樣生活，只是我們平時沒有發現而已……」

我：「所以你之後就把自己關在家裡，堅決不出門了嗎？」

他點點頭：「全世界都是臉，只要是有花紋斑點的地方都是臉……這個世界上已經沒有沒臉的地方了，後來我想通了那些臉跟假臉人的關係，其實地上的那些臉，就是假臉人的面具，假臉人本身是沒有自己的臉的，他們想要臉的時候，就會從那些面具裡挑一個臉皮出來，安在自己的臉上……」

之後，這個病人開始歇斯底里起來，精神狀況極端異常，他一想到那些人臉就會哭叫起來，甚至罵人。

在他妻子的陪同下，他去做了ｆＭＲＩ（功能性磁振造影）掃描。掃描時，我讓他嘗試著對一些人臉圖片進行面部識別。人腦部的梭狀回是和個人的臉部識別聯繫在一起的，左側梭狀回會測算一個圖像有多像面孔，而右側梭狀回則用這些訊息進行判斷，判斷出這個物體是否真的是人臉；有時候我們看到一些圖案會覺得那些圖案像是人臉，就是梭狀回的功能發生了作用。我的想法是如果他腦部的梭狀回有病變或者受損的情況，就可以解釋他的這種現象了。

但是檢測的結果，卻顯示他的梭狀回一切正常，和常人無異。

一番周轉後，那名患者還是住院了，因為他兼有精神分裂和由此導致的疑心病。

五個月後的一天，我在病人區查看其他病人的情況時，突然聽到了他的房間傳來了女人的尖叫聲。

我急忙衝進了他的病房裡，看到他妻子臉色慘白，地上全是血，而他則背對著我，坐在床沿上。

我叫了一聲他的名字，他沒有動靜，叫第二遍的時候，他終於轉過來。

我看到他的手裡拿著一把小刀，手上全是血，而他的半張臉，已經被他割下了大半塊的皮肉，殷殷的鮮血從他的臉上流下來，把雪白的床單都染紅了。

他手裡拿著從自己臉上割下來的那塊臉皮對我晃了晃，然後詭異地笑起來。

「你看，這樣我就變成他們的一員了。」他說。

從「一」到「二」

「一」讓世界不一樣。

如果這個世界上有個人告訴你，今天是你人生的最後一天，你的今天，會和以往有多少不同？

如果我給你一片葉子，然後告訴你，這是世界上最後一片純自然非人工的葉子，那麼，這片葉子，也將價值非凡。

「一」讓一切變得不同。

他原來是一名小學數學老師，後來靠牛市賺了不少錢，之後辭去了工作，當了一名自由旅行家。他不走別人走過的路，不做重複的事。起初，他只是每天回家、去超市購物的時候不走以前的路，到了後來，他連每天穿的衣服、外貌打扮、髮型塑造都開始不同。有一次，他甚至赤身裸體走到了街道上，被人拘留後就被送到了醫院檢查是否有精神異常。

我：「跟你聊了也有一會兒了，我覺得你這個人挺正常的嘛，思想活躍，還很健談。你做那些事（指在街上裸奔）是行為藝術嗎？」

他：「哈哈，那可不是什麼行為藝術。那是一種體驗。」

我：「在街上裸奔是一種有趣的體驗嗎？」

他：「不是很有趣，其實我決定要那麼做，也是下了很大的決心的。我要克服我的羞恥本能才行，為了在街上裸走十分鐘，我整整猶豫了一個月呢！」

我：「你不覺得這樣做會給其他人帶來困擾嗎？」

他：「就是因為這樣我才猶豫啊，要是周圍沒有人，我還犯得著為了這種事猶豫一個月嗎？其實這種事最難的是你決心要做之前，等你真的下決心去做了就沒什麼了。大多數人都被文化傳統給束縛了，其實裸奔這種事，我做我的，又不堵車也不占道，那是我的自由，別人沒必要管我不是嗎？」

我：「可是，既然我們社會已經有了認為裸奔是羞恥的事的道德文化準則，你也應該尊重別人，不去打破這種文化準則吧。」

他：「所謂的文化，無非就是相對遵守的人比較多一點而已才能形成的。如果全世界百分之九十的人都嘗試著去裸奔，那就形成一種裸奔文化了。那些不裸奔的人反而會被人當作怪人。現在只有我一個人裸奔，其他人都不那麼做，所以我才會變成怪人啊。這是『一』的魔力。」

我：「『一』的魔力？」

他：「是啊，『一』就是魔力啊。『二』還有『二』以上就是科學。」

我：「我沒明白你的意思。」

他：「我知道你肯定沒法理解，沒關係，我跟很多人講這個的時候他們都嗤之以鼻，你的態度已經算好的了。其實，人本能地就有害怕重複，嚮往『一』的魔力的本能。」

我：「嚮往『一』的本能？」

他：「你嘗試過一個人待在家裡嗎？就那樣把自己關在一個房間裡，每天日復一日地過著基本重複的日子，也不和其他人交流。你試試自己能堅持多久？」

我：「這也不是多難的事吧。這個世界上獨居的人不是很多嗎？」

他：「不是這樣，你沒理解我的意思。很多人雖然獨居，但是他們還是跟外面的人有資訊交流啊，比如電話、網路等，對於他們的大腦來說，他們的生活也不是重複的，而是新鮮的。但是如果你真的把自己關在房間裡，就一個人過日子，每天幾乎不接觸新的資訊、新的世界，你絕對是受不了的。」

我：「這一點，我只能說不算完全贊同吧。我接觸過一些單身者，他們就在深山裡過了大半輩子，甚至不和外界交流，也過得很好。而且古人不也是這麼過來的嗎？那時候的人生活範圍比我們的小多了。」

他：「你說的有一定道理，但是你沒有想透。農民、古人之所以過重複的日子，是因為沒得選擇，如果他們不重複勞動，不處在那個職位上，就會餓死。但如果他們家財萬貫、不愁吃穿的話，大多數人都會選擇遊山玩水，尋求新鮮的生活。古代很多門第不錯的詩人都喜歡遊山玩水，那就是因為他們暫時不愁吃穿。現在的社會也是一樣，很多富人有了錢，退休後就會選擇雲遊世界，體驗新的生活。這就是對新鮮的追求，新鮮就是第一次，也就是『一』。」

我：「所以追求『一』，是一種本能？」

他：「是啊，『一』就是代表著魔力，代表著未知。『一』的世界很大。我問你，你走在馬路上的時候，有沒有這樣的經歷：你突然聽到背後有人叫你的名字，但是你回頭卻發現什麼人也沒有，或者有人，但是他在和別人談論？」

我：「有這種經歷，可是那一般都是錯覺吧，或者就是名字比較相似而已。」

他：「有的時候的確是這樣，但是有一次，我走在一條鄉間的小路上時，我真的清清楚楚地聽到了有人在喊我的名字，我聽到他在大聲地喊『海濱』。我還嚇了一跳，可是我回頭去找，卻怎麼也找不到人影，四周壓根兒就沒有人。那時候我真的是嚇得寒毛都豎起來了。」

我：「說不定你出現了幻聽，人在疲勞過度或者壓力過大的時期，有時候情緒緊張，是會出現這種情況，非常常見，基本上每個人都會碰到，你沒必要緊張。」

他：「可是不單單是聽覺。還有別的東西。」

我：「別的東西？」

他：「是啊。你有在身邊看到過一些奇怪的東西嗎？比如說，走在一條小路上的時候，突然看到一個只有半個身子的女人，又或者是在房間裡朝窗外望的時候，在天上看到一個巨大的透明發光圓盤？」

我：「你經常看到這些嗎？」

他：「經常看到，其實如果你仔細去看的話，每天都能夠看到身邊一些奇怪的東西，只不過那些東西我只能看到一次，不會出現第二次。就像我看到的那個在巷子轉角處的半身女人，也只看到了一次，之後就再也沒看到過。所以我講給別人聽的時候，別人都不會信。」

我：「我跟你說，那些都是錯覺，人的大腦由於處理圖像的時候存在著模糊度，大腦判別錯誤，就會出現錯誤的印象。你沒有必要當真。以前我也聽過這麼一件事，有一個老人，他每天都能夠在上自己老屋台階的時候看到樓梯口上站著一個穿白衣的女人，但是走近了就沒有了，後來別人去一檢查，發現不過是窗簾掛在衣架上造成的錯覺而已。」

他：「我知道這些，錯覺我也經常有，但是我分得清錯覺和那些怪異物體之間的區別。錯覺往往是因為模糊造成的，但是我看到的那些東西，太清晰了，比如說那個半身女人，我連她臉上的黑痣都能看到，如果是錯覺，根本不會那麼清楚。」

我：「那後來那個女人怎麼消失的？」

他：「我一眨眼睛她就沒有了，真的把我嚇到了。後來我還看到了身邊很多奇奇怪怪的東西，比如說長著蒼蠅腦袋的人、會跟人一樣走路的狗、會飛的火球，或者會跟著我走路的爬牆虎。以前我從來不相信一些老年人看到鬼的說法，我覺得那些都是迷信，不科學。但是後來仔細想了想，覺得那些老人說的也許不是迷信，而是真實的，而是我們這些人的思想有問題，我們總是把科學當真實，其實這才是錯誤的。」

我：「難道你覺得有比科學更真實的東西？」

他：「有啊，魔法就是一種真實。科學是『二』，魔法是『一』。我看到的那些半個身子的女人、會飛的火球、會走路的爬牆虎，那些都是魔法。他們和科學一樣，都是真實存在於這個世界上的。」

我：「可是如果真的存在，為什麼我們看不見呢？」

他：「不是看不見，而是因為不能重複看見。我們現在的科學體系，其實是建立在一條規則上的，那就是科學的對象必須是可以重複檢驗的，比如說把籃球砸在地上，它彈跳的幅度會按照一個固定的公式逐次遞減，不管你重複多少次，肯定都是遵循那個反彈的公式的，所以我們人類把這些能夠重複的事叫做科學，科學的成立基礎是規則，而規則的本質，就是可重複性。所以可以重複的，才是科學的。如果有一件事只能夠發生一次，之後就永遠不能再發生，那麼也就得不到檢驗了，就算你跟別人講得天花亂墜，但是因為那件事不能重複，別人也不會相信你，他們會說你那是迷信。但那些不能重複檢驗的東西都是存在的，那些不能重複出現的東西就是『一』，『一』就是魔法。魔法是不能重複出現的，任何一種魔法都只能出現一次，絕對不會出現第二次。」

結束和他的談話後，我覺得他說的話不無道理，他的所作所為，其實是想盡量減少自己生活的重複性，看到更多的「魔法事物」罷了。

後來，我有幸和一位理論物理學家暢談過，在談到科學的基礎的時候，我提到了那名患者的想法。理論物理學家告訴我，在物理學研究的前沿領域，這種事屢見不鮮，比如二〇〇四年，法國一部粒子加速器上就發現了六個不可能存在的粒子，它們擁有四個違背物理法則被捆綁在一起的中子，被稱為「四中子」，俗稱第零號元素。只是因為只檢驗到了一次，所以學界對此號元素是否存在仍有較大質疑，因為這種元素在理論上是不可能的。此外，還有自然發生的常溫可控核融合現象，這在理論上也不能成立，但是現實中卻經常有研究者宣稱他們觀察到了此類現象。

在物理學界，只能夠被觀察到一次的例子實在太多，物理學建立規律的基礎是規律的普適性，也就是可重複性，而面對無法重複出現的現象，科學家們無法建模，自然束手無策。

> 這讓我想起了法藏《華嚴五教章》中的話：「一即一切，一切即一。」

也許，比起代表科學的「二」，代表魔法的「一」才更接近世界的真實。

爸爸，我要做你的新娘！

從來到我這裡開始，他的精神狀況就一直很不穩定。一開始，他一直在顧左右而言他，直到我給他倒了四次茶後，他才吞吞吐吐地說出他犯下的驚人罪行。

他：「我……我跟我的女兒發生了關係。」

他一開口，就是讓我感到極為震驚。但是做這一行的，讓人震驚的事多了去了，我很快穩定了情緒，示意他繼續說下去：「那是什麼時候的事？」

他：「已經好幾年了……差不多五年了。」

我更為震驚了：「你女兒……她是自願的嗎？」

他沉默了很久，突然默默地流淚起來：「不是……她一直不願意，她很恨我……但是沒有報警……後來她實在受不了，才用報警威脅我……我就把她關在了地下車庫裡……醫生，你說我這樣正常嗎？」

一瞬間，我意識到了事態的嚴重性，這恐怕是一起惡性的侵犯事件，我面對的並不是一名患者，而是一名還沒有落網的罪犯。我第一時間就產生了報警的念頭，這件事太嚴重，不是我能管的。但是我又不能當著這個人的面報警，看得出來他的情緒很不穩定，如果我當場報警可能會刺激到他的情緒，說不定他會一時衝動做出過激的事來，穩妥的辦法就是先穩定住他的情緒，如果勸他去自首最好，再不濟我也要先套出他的家庭地址、姓名等資訊，以便警方逮捕他。

我：「你這事還有別人知道嗎？」

他：「我怎麼可能會跟別人說……要是我說了我就不會坐在這兒了。」

我：「你不知道你做這種事，是犯罪嗎？」

他：「要是不犯罪，那我還用得著來這裡嗎？我知道做這種事是犯罪……但是我又不覺得是犯罪……我女兒從小就很愛我，喜歡我，我跟她結合，有什麼不對？要不是這個社會有問題，禁止亂倫，說不定我們老早結婚生子了……」

我：「可你剛才不是說你女兒不願意，而且很恨你嗎？你怎麼又說她喜歡你？」

他：「那是因為她被社會汙染了！她小時候就只喜歡我一個人，我走到哪兒，她就跟到哪兒，就跟跟屁蟲一樣。但是小學畢業之後她就不對勁了，她開始主動地對我冷淡起來，上了初中，她就開始跟別的男孩子要好，我真的受不了了……」

我：「這對每個女孩來說都是很正常的事吧，小時候對父母肯定有一定依賴性，長大了開始發育了，開始有性別觀念了當然會開始獨立起來，到了青春期就會有代溝，這都是正常的事。別說是你，全世界的家長都是這個樣。」

他：「你不知道，我女兒她小時候還說要嫁給我呢，真真切切，到了小學五年級她還這麼說，但是畢業後她就變了……就像變了一個人一樣……」

我：「這種事再正常不過了啊。女孩子小的時候不懂事，接觸的男孩子又不多，而且在女孩子眼裡父親就是萬能的代表，什麼都能做到，很多女孩子小時候都會有戀父情結，特別是在發育的早期，幼兒時期，這種情緒會到頂峰，以後就會慢慢回落下來，有區分的能力了。」

之後我想要給他稍微說明一下佛洛伊德對戀父情結的解釋，雖然在我們這個行業裡，佛洛伊德的很多說法都被現代的腦科學、神經科學和現代精神病學取代了，但對於普通人來說，佛洛伊德的一些思想比起那些神經化學、分子生物學的概念更通俗易懂，說起來更淺顯而有說服力。

但是，讓我沒想到的是他居然看過佛洛伊德的書，當我提到性器期和潛伏期的概念時，他直接就打斷了我的話：「我知道你要說什麼，這段時間，我看了不少佛洛伊德的書！而且我也曉得，佛洛伊德這個人一直都是主張性是自由的，他認為亂倫是無罪的。按照他的思想，我現在做的事就是正常的。你的意思是想說我是正常的？」

被他這麼一說，我真的有些接不上話：「我倒也沒有說你不正常……你女兒今年多大了？」

他：「二十一歲了，她想上大學，但是我沒讓她上，我告訴她，一輩子陪在我身邊就夠了，我會養她，讓她不用操心去讀大學、找工作那麼麻煩……」

我：「你做什麼工作？」

他：「我現在不做什麼工作，幾年前我投資了兩家酸菜魚館，生意一直不錯，每年都有一兩百萬的收入，夠養活自己跟我女兒。」

我：「噢……那你的家庭狀況還是不錯的，呵呵。但是我想，你既然有女兒，那肯定結婚了是吧。你做了這種事，難道妻子沒什麼看法？」

他：「我妻子？哈哈，那個婊子二十年多年前就跟別的男人跑了！她跟我結婚的時候就已經挺著肚子，還說孩子是我的。結果還是瞞不過我，被我問出事情原委後我直接就跟她離了婚，一了百了。但是孩子還是留給了我，後來也是我一直把佩佩養大的。」

我：「佩佩是你女兒的名字嗎？」

他：「對，小名。我取的。」

我：「你說你第一次跟她做那種事是五年前，那時她只有十六歲，還是未成年吧？你這麼做，在法律上真的過不去。」

他：「法律？法律本身就有問題！十六歲怎麼了？孫中山向大月薰求婚時對方才十四歲

呢！賀子珍跟毛主席結婚的時候她也才十六歲！中國古時候女人都是二八年紀結婚的，過了這年紀女人就老了。」

我：「可是你是她的父親，你們怎麼可能有情侶之間的那種情感呢，她怎麼可能對你有異性的那種愛呢？」

他：「不，關鍵是方法問題。佛洛伊德不就成功了嗎？佛洛伊德的女兒安娜一輩子都沒嫁人，一直陪在佛洛伊德身邊，我想佛洛伊德作為心理學的大師，肯定有一套追求他女兒的辦法，能把他女兒的心抓得死死的，不讓她喜歡別的男人。我只是沒佛洛伊德的能力而已，要是我也懂心理學，肯定也能做到。所以我才來找你，想跟你學學有什麼辦法讓我女兒心甘情願跟我在一塊兒。」

看到我不太樂意的樣子，他又說：「是不是錢的問題？要是你能幫我說服我女兒讓她跟我在一起，錢……是小問題，你就說個數字好了，我不會少給你的。」

我：「老闆，我知道你是有錢，哈哈。可這真不是錢的問題，你應該知道咱們國家的法律，你這種事，真的是違法的，我勸你好好想一想。」

他：「我查過法律，咱們國家的規定是，只要亂倫是自願的，就不違法。只要你幫我說服了我女兒，讓她別去告我，我不就不算違法嗎？」

我：「這麼說，你是要我幫你說服你女兒嫁給你？」

他：「嫁給我這種事我也知道很不現實。民政局和法律都不會承認的，得不到實在的結婚證書，我就只要你配合我，幫我說服她回心轉意就好了。你就跟她說說我的好，告訴她我對她是真心的，她對別的男孩子的好感，對戀愛的念想這種東西都是青春期一個階段的相思病，很快就會過去，只有我這個當爸爸的才真正懂她，真心對她好，你這個精神科醫生這麼權威的人都說了，我想肯定有用……」

我：「可是你真的考慮過你女兒的感受嗎？聽你的話，你女兒已經有喜歡的男孩子了吧？你這麼對她，不單單是身體上的傷害，還是一種精神上的折磨，這樣下去，她這輩子就被你毀了啊。」

他有點歇斯底里起來：「我怎麼就毀了她了？我只是不讓她去接觸別的男人而已。我現在最後悔就是當初讓她去上學，讓她去接觸社會，早知道我就一直把她關在家裡好了，只讓她認識我一個人，不知道其他人，這樣她就只願意跟我在一起了。我現在真是後悔啊……她已經被這個社會給汙染了，思想上已經不乾不淨了，當年她真的是喜歡我啊……」

我：「你不覺得你這種想法太自私嗎？不管怎麼樣，你也總得想想你們兩個以後的日子吧。就算她不出去工作在家陪著你，你也陪著她，那她的日子多枯燥？還有，你們的後代呢？要知道近親之間結婚有八分之一的機率生出畸形兒……」

他：「我跟你說過了，我跟她沒有親緣關係，她不是我親生的！她娘跟我結婚前就已經挺著肚子了。我當年就是因為窮，才當上了個入贅的，要不然我也不會受她這份晦氣。」

他翻開錢包，給我看他和女兒的合影。

我：「這照片什麼時候拍的？」

他：「五年前，佩佩初中剛畢業的時候，那之後她就沒跟我一起拍過照片。」

我：「你女兒長得倒是挺漂亮的。可你有想過你們以後怎麼發展嗎？你畢竟比她大這麼多年紀，等你先老去了她豈不要一個人過很久？還有，你們的孩子怎麼辦，他們長大後要是知道了你們的關係，你們會是什麼樣的立場你想過嗎？」

他：「我比她年紀大這是沒辦法的，大部分家庭男人都比女人年紀大，毛澤東還比江青大二十一歲呢，難道就不結婚了？照樣結啊。至於孩子問題，也不算什麼問題，孩子的思想是父母灌輸的，我們教導他亂倫是一種正常現象就行了啊。你現在覺得亂倫不正常，是因為你的父母、你身邊的人灌輸了你錯誤的思想，但是對於思想一片空白的孩子來說，他們可不會覺得亂倫是什麼問題啊，他們反而覺得那是正常的，父母和孩子本來就該一直在一起不分開。」

我給他解釋了一些生物學上的思想，我告訴他人的心理本身有抗拒和熟人結合的成分，比如說中國有科研機構做過實驗，專門觀察短尾猴的交配行為，發現在短尾猴的三百多次交配行為中，只有七次是近親交配，這說明動物之間也是存在著抗拒亂倫的意識。這是一種自然法則，存在即合理，不應該抗拒。

但是他並不聽我的話，而是堅持問我肯不肯幫他，如果不肯他會去找別人幫忙。

我感覺自己再也幫不上他什麼忙，而且這件事已經算得上是一件嚴重的性侵案件，我不能坐視不理，於是我先穩住了他，對他提出要求說，如果真要我配合他說服他女兒的話，我會盡力，但是價格不會低，起碼三十萬。他頓時興高采烈地說沒問題，只要我能幫助他，錢是小問題。

於是我就找了個上廁所的藉口留他在門診室裡，之後我跑到洗手間裡拿出手機偷偷報了警，以強姦罪為由把他舉發了。

沒幾分鐘後，四個刑警就趕到了醫院，當場逮捕了他。我把事情的原委告訴了刑警隊長，他們錄取了我的口供，要走了我的電話，並且告訴我他們會去嫌疑人家裡搜索嫌疑人女兒的下落，等到有消息會聯繫我。

那天下午，我就一直在門診室裡等著刑警那邊的回覆，心裡一直忐忑不安，那名父親被抓走時，失望和痛苦的眼神讓我一直心緒不寧。

直到快下班的時候，我才接到了刑警的答覆。

我：「怎麼樣，找到他女兒了嗎？」

刑警：「我們是找到了他家的地下車庫，但是沒找到他女兒，只在那裡找到一個傀儡娃娃，那是他女兒的遺物。」

我：「遺物？那他女兒……死了？」

他：「嗯，他女兒五年前就死了，我們找到了那時候的檔案紀錄，他女兒是在放學路上被人抓走姦殺的，凶手一直沒找到。根據他鄰居的說法，他女兒出生的時候他跟妻子就離婚了，那之後他一直跟他女兒兩個人相依為命，感情很是要好。他女兒死了之後更是只剩下了他一個人，他的精神就出了問題。」

刑警掛斷了電話，而我卻依然握著手機，僵冷地站在門診室裡，沉默良久。

他說他愛她。

她說她長大後要嫁給他。

可是她卻中途走了，只留下了他。

但他一直牽掛著她，放不下她。

看診桌上，是他忘記帶走的老照片，照片裡的他和她，笑得那麼燦爛，就像那年綻放的夏花。

那天晚上，我重讀了佛洛伊德關於戀父情結的講述時，不禁想到了他和她，想像中的他們，牽手相依，就像一對熱戀的情侶。

「爸爸，你對我真好，我以後要一直跟你在一起，做你的新娘！」

「一直跟爸爸在一起？長大了也是嗎？」

「嗯！」

「傻孩子，等妳長大了就不喜歡黏著爸爸了。」

「為什麼啊爸爸，我現在這麼喜歡你，將來也一定會一直喜歡下去的！」

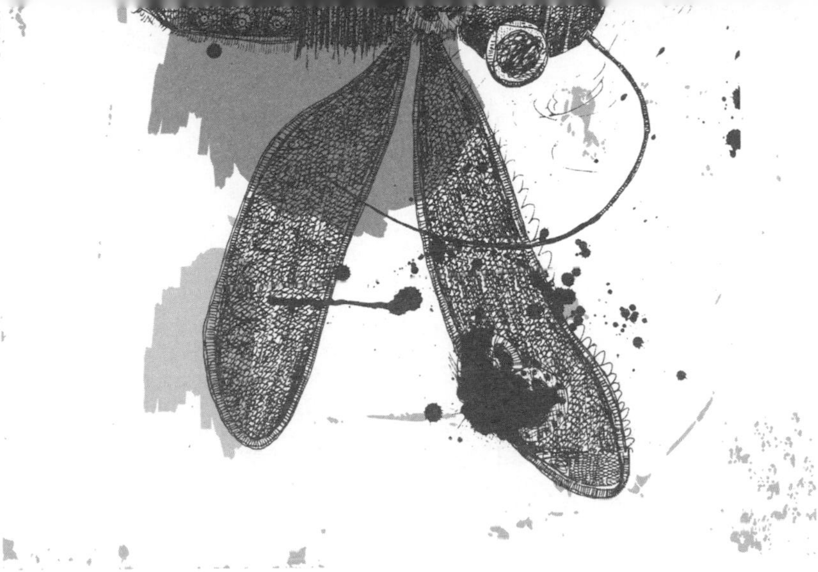

數字的顏色

我想，她感知到的世界肯定跟我們所感知到的世界完全不同。

她的病因並不是精神疾病，根本原因是她大腦雙側後壓部皮質有更多的白質，造成了她這種與眾不同的能力。

她：「在我的世界裡，天空是甜的，草地是酸的，〈女神之舞〉❹是明亮的，〈我心永恆〉❺是大海的顏色。」

我：「妳能夠把聲音、氣味、味道和顏色全都聯想在一起，是嗎？」

她：「不單單只有這麼點，我還總是能把數字、心情還有溫度也聯想在一起。其實也不算是聯想，在我看來，氣味啦、顏色啦、聲音啦這些東西本來就是一體的，只是你們的器官都只能片面地感覺到它們的一部分特性，所以才覺得那是不一樣的東西，但是其實，它們是一體的，反映的都是事物的同一個本質，犯不著分那麼清。」

我：「其實妳這種情況叫聯覺，不單單是妳，很多人都會有，只是輕重程度不一樣而已，妳的情況比一般人要嚴重很多。」

她：「也許吧，但是我想我可能比其他人更能看到本質吧。我能夠看到數字的顏色，你說我是聯想，但是我覺得也許數字本來就是有它們自己的顏色的。而且比我們知道的要豐富得多了。」

我：「是一到十的數字的顏色嗎？」

她：「不單單是一到十，是每個數字都有對應的顏色。我發現人的眼睛看到的色彩太少了，一般人看到的主要顏色只有七種吧？但是其實宇宙的顏色是無限多的，因為每個數字都有一種只屬於它自己的顏色，數字無限多，顏色自然也無限多了。看到零，我的腦海裡浮現出的是白色的，一片空白，什麼都沒有。一是黑色的，一片漆黑；二是黃色的，三是翡翠色的，四是紫色的，五是紅色的，六是粉色的，七是墨綠色的，八是海藍色，九是褐色的，十是米色的，十一的話也是黑色，但是那種黑色比一的黑色還要更深……」

❹The Diva Dance，電影《第五元素》插曲。
❺My Heart Will Go On，電影《鐵達尼號》插曲。

她說到十六的顏色是紫藤蘿色時，我打斷了她：「這種情況有多嚴重？」

她：「小時候其實一直都有，不過那時候我還是能夠自己控制的，想看到正常的景象，就可以看到正常的景象。但是前年開始，我發現我的能力提升了，我能夠看到更深層次的東西了。我想我肯定是愈來愈接近事物的本質了。」

我：「更深層次的東西？」

她：「是啊，我發現我的腦子好像貫通了似的，比如說看到五，我就能想到紅色，然後又想到水沸騰的聲音，還能夠聞到雞血的味道，這些原本沒有什麼關係的事物，全都串聯在一起了。而且這種自動的聯想，到了後來愈來愈自然了。」

我：「愈來愈自然？妳是說愈來愈快嗎？」

她：「對啊，愈來愈快。到最後，我發現整個世界都完全不一樣了，我原來看到的世界換了個模樣，就跟脫胎換骨似的。」

我：「妳的意思是說，妳的通感非常嚴重，已經影響到妳的日常生活了是吧？」

她：「影響倒也不是。就是我感覺這個世界變得更加複雜了，一些我原來注意不到的訊息，我一下子就能夠注意到了。比如說，你知道數學上的質數吧？」

我：「當然了，就是只能夠被一和自己整除的數吧？像是二、三、五、七、十一這些？」

她：「是啊，我發現質數其實是一類很奇怪的數字，而且我還有一眼就認出質數的能力。」

我：「哦？這麼神奇？真是這樣的話，妳都可以當數學家了。」

她：「數學家的話，我還沒有那個本事，但是我每次看到質數的時候，總是會有一種特別堅硬牢固的感覺，我一看到質數，胸口就會悶悶的，就是那種全身都動不了的感覺。所以我一眼就能認出來。」

為了確定她說的是不是事實，我特別找了幾個位數比較大的質數，31489，36497，49937，130981，然後和十個普通的數字混在一起，讓她找出其中的質數。

結果讓我吃驚的是，她飛快地就從數字串中找出了質數。為了避免她有可能提前把質數記下來的可能性，我又找了三個千萬級別的質數，這次她稍微慢了一些，我看到她找質數的速度明顯下降了，但是幾分鐘後她還是找了出來。

我：「位數愈多，妳找質數也就愈慢嗎？」

她：「因為圖像太多了，干擾了我的思考。」

我：「圖像太多？」

她：「嗯，質數給我的感覺，就好像要從撒在地上毫無規則的芝麻堆裡找出一個規則形狀的空白區域，數字愈大，芝麻粒也就愈多，要找到那個規則的空白區域肯定也就慢一些了。」

我：「這個比喻倒是很鮮明，不過我還真難想出來。」

她：「我知道，但是我已經很努力在說給你聽了，你沒有我這樣的能力，肯定是不能完全理解我的感受的。我一直在想，質數對於宇宙是有意義的。」

我：「什麼意義？」

她：「質數其實就是宇宙想像力不足的表現。」

我：「想像力不足？你是說我們這個宇宙是活的，像人一樣有想像力嗎？」

她：「是啊，我覺得宇宙就是活生生的，有生命。我們這個世界上的所有東西，都是它在思考的表現，數學就是它的思考邏輯，質數就是它想像力不足的表現，宇宙想不出其他不是質數的數字來填補質數的空缺，就只能夠安排質數在那裡了……這個很難懂，對吧？我知道我說的有點像是繞口令，總之，在我看來，質數就是宇宙想像力缺乏的表現。」

我：「呃……還是很難想像啊，哈哈。」

她：「唉，硬是要打個比喻的話，你可以把數字都想像成一條條的線，大多數線都是平行的，各行其道，不會相交，但是質數就是某些纏繞在一起打了個死結的線，因為打了個死結，所以質數特別的牢固堅硬。這麼說是不是好懂一點了？」

我：「呵呵，這麼說是具體了一點，但是總感覺很新奇。」

她：「如果這個都理解不了的話，那麼接下來我要說的你可能就更難懂了。我發現，那些科學家對宇宙的描述都是不對的，很片面。」

我：「這就是妳說的世界變得複雜了？」

她：「嗯。可以說是變得複雜了，但是也可以說是變得簡單了。」

我：「又開始聽不懂了，我發現要跟上妳的思維還真是一件不容易的事。」

她：「這也沒辦法唄，人和人能夠交流的基礎本來就是感受器官上有共通點嘛。我現在感覺跟你差了很多，你不能理解我的想法也是正常的——科學家總是喜歡用數學作為工具去描述宇宙，比如說有限的宇宙啊，無限的宇宙啊，或者就是膨脹的宇宙、冰冷的宇宙之類，但是那種描述都是邏輯的描述，而不是感性的描述。」

我：「那感性的描述是怎麼樣的？」

她：「那可就複雜了，比如說固執的宇宙、跳舞的宇宙、唱歌的宇宙、寂寞的宇宙、高興的宇宙、鮮美的宇宙、香甜的宇宙、哭泣的宇宙、堅固的宇宙、幼稚的宇宙，甚至還能說是變態的宇宙！」

我承認她的想法非常的神奇，在她之前我從來沒有想過宇宙還可以用哭泣、固執這類形容人的詞來形容。但是想到她的通感的能力，我認為這種說法對她來說也很正常。

我：「哭泣的宇宙是怎麼樣的呢？」

她：「哭泣的宇宙就是很悲傷的感覺，你看到天空就能夠感覺到宇宙的心情了。有時候你看到宇宙，感覺它是灰藍色的，天上的星星也轉得慢悠悠的，無精打采的，你就知道它的心情肯定不好了。你看到宇宙亮閃閃的，那就知道它心情很好了。」

我：「宇宙怎麼會亮閃閃的呢？」

她：「這個很難形容，但是宇宙有氣味，宇宙每天的味道都是不一樣的，有的時候甜甜的，那時候我就能看到它是亮閃閃的；有的時候苦苦的，我看到它就是一副憂鬱的樣子。你們聞不到也看不到，但是我可以做到。」

我：「世界還真是奇妙。」

她：「這個還不算是最奇妙的。要是只是這樣的話，我也不會到你這兒來了。我會到你這兒來，是因為我現在看人都看不了了。」

我：「是因為妳的其他感覺干擾了妳的視覺是嗎？」

她：「是啊。但是如果要說干擾的話也不太合適。我覺得是我看的維度太多了。」

我：「維度太多？」

她：「一般人看別人，大多都只用視覺這一層維度去看，以前我也是這樣的。但是後來我的味覺和視覺連通了，我看人就用味覺了，然後我發現了一件很可怕的事。」

我：「可怕的事？」

她：「對，太可怕了。你知道人真正的形狀是怎麼樣的嗎？」

當她問我這個問題的時候，我不禁想到了那個能夠把人看成樹狀圖形的女人，但是我想她們兩個的視角是不一樣的。

我搖了搖頭。

她說：「人真正的形狀是一團一團的，很大很大，而且可以變形。有的人體積大到可以填滿一間房子。你想啊，一個人除了他外表看上去的樣子，其實還有很多我們看不到的成分，那就是他的氣味。一個完整的人應該包括他的氣味，只是一般人是看不到別人的氣味的。但是我現在已經可以看到別人的氣味了，然後我就發現，這個世界太可怕了，每個人都是一團一團的怪物，有的人是綠色的，有的人是紅色的，有的人是粉色的，體味愈重，顏色就愈深。特別是那些有腳臭有體臭的人，他們是黑色的，體積非常大，可以媲美一間教室，你上課的時候，那些一團一團的怪物就跟你擠在一起，他們身體的一部分擠進你的鼻子裡、嘴巴裡、耳朵裡，跟你的身體重疊在一起，你不難受嗎？」

我試著想像了一下她所描述的場景，很快就想到了米果團子積壓在一個籮筐裡的場景，頓時產生了一種無法形容的胸悶感。

她：「感到很悶是吧？現在你理解我的感覺了吧？我每天都感覺自己活在一團團大怪物的縫隙之間，被他們擠來擠去，他們身體的一部分還會鑽進我的身體裡，看到這樣的景象我就想吐。」

我感覺她是個很有意思、很有想法的女孩，之後我又跟她談了很多。她還告訴了我一個小祕密：「其實我們的這個宇宙是女的。」

我：「女的？宇宙還有性別？」

她：「有啊，我能夠感覺到我們宇宙的性別，我們的宇宙很溫柔，所以才有了我們這個有生命的地球。我們的宇宙就是個年輕的女子。我想如果有男性宇宙的話，那裡一定很狂暴，到處都是能量風暴什麼的，一個生命也不會有。」

我想她說的是有道理的。

站在她的立場上，她至少有一套屬於自己的世界觀。

太多時候，我們看待事物的眼光太過狹隘了，或者說，我們看這個世界所用的工具實在太少。當我們換一種觀察工具去觀察這個我們早已習以為常的世界時，就會看到讓我們震驚的景象。

但是，比起一個整天擔心天會塌下來的明眼人，我寧願做一頭無法抬頭看天空的豬。

歡迎來到地獄

高風險才能換來高回報，但是在我的行業裡，高風險有時卻也未必有高回報。

平素裡，在我們醫院值班的醫生只有一個，遇到緊急情況，只能一個人處置。我還記得我剛進這裡第二個月的晚上，一個病人產生了幻聽，毆打同屋的另一個病人，甚至還端起開水去潑臉，我費了很大精力才控制住那名失控的病人。在這個過程中我也因為經驗不足受了些傷，當我把受傷的病人帶到另外一間病房處理傷口的時候，新來的護士甚至被病人的慘相嚇得暈了過去。

在一次聚會上，我和一位關係不錯的同事各自講了一些我們工作時的趣聞，那位同事是一名心理治療師，有催眠治療的資格，他幹這一行的經驗比我多兩年，他跟我講起了他碰到的一個奇人。

心理治療師：「你見過人死而復活嗎？」

我：「做這麼多年，還沒見過。你碰到過？」

心理治療師：「我碰到過，上個星期二的事，那個病人死過三次，每次都死個三五天，等她親戚都以為她已經沒救了的時候，她又會突然活過來，從棺材裡爬出來，在屋子裡遊蕩，找吃的，把她的家人嚇個半死。」

我：「是假死嗎？」

心理治療師：「很難說，你知道咱們醫學上對死亡有嚴格定義，但是那個老太太在接受神經內科的商主任檢查的時候，確定她的確是已經死了。」

醫學上對人死亡的定義：一、大動脈的波動停止。二、瞳孔放大固定。三、腦波的消失。有時候，所謂的假死是指人的循環、呼吸和腦的功能活動高度抑制，生命機能極度微弱，用一般臨床檢查方法已經檢查不出生命徵象，所以外表看來就像人已死了，但實際上還活著的一種狀態。

心理治療師：「那個老太太以前有過腦損傷，我認為她所謂的假死是腦損傷引起的一種昏迷或淺度休克狀態，但是她自己堅持說不是，而是她去地獄遊蕩了一周，閻王又把她給放回來了。」

我：「老年人嘛，總是這樣，神神祕祕的，正常。」

心理治療師：「不過我給她做了催眠，她說了很多有意思的東西。」

我：「什麼東西？」

心理治療師：「雖然她上了年紀，但是她的思維還是挺清晰的，回憶了很多『死』後去地獄看到的景象。」

我：「還真下去地獄了啊，她看到了什麼，閻王？長什麼樣？」

心理治療師：「她說閻王是個年輕男子，挺英俊的，不是那種傳統的戴著烏紗帽的形象。」

我：「那麼大年紀了還思春啊。哈哈。」

心理治療師：「她還說地獄是一片荒蕪的平原，四周都是奇形怪狀的石頭，天上黑漆漆的，沒有星星沒有月亮，只有一個個綠色的人腦袋飄來飄去，她一個人在那裡走了很久很久，還碰到了很多跟她一樣漫無目的到處走的人。裡面還有一些她認識的早就死去的親戚。」

我：「該不會還有孟婆、奈何橋之類的吧？真要是有那些東西我也是服了。」

心理治療師：「我當然也不相信她說的那些。不過她說的一些細節倒是值得推敲，特別是她說她還見到了一些死掉的名人，像是李白、項羽之類的。」

我：「不會吧，連李白都碰上了？她不會跟李白搭上話了吧？」

心理治療師：「那倒是沒有，因為她說她聽不太懂李白那些古人說的話，她知道她碰到的人是李白，也是其他死人告訴她的。」

我：「那為什麼那些人都死了，就她回來了？」

心理治療師：「這一點非常有意思，那個老太太說她能回來是因為她前輩子是天上的仙女，官位比閻王爺還要大，閻王爺賣她面子，就把她給送回來了。」

我：「真是有夠扯的了。」

心理治療師：「我也這麼想。後來我把她叫醒後，她還告訴我說只要她不想死，閻王就不會帶她走，她什麼時候都可以回來。」

我：「這麼說，她是個不死人？」

心理治療師：「她自己是這麼說的。而且，她還硬是要賣我一個香囊，說只要我拿著香囊，就可以有三次不死的機會。」

我忍不住笑起來：「大概就是個推銷的，你不會買了吧？」

心理治療師：「我買了。」他真的拿出了一個香囊給我看，那是一個很普通的紅色繡金絲的香囊，上面繡著「福壽無疆」的字樣，但是除此以外也沒有什麼特別的。

我：「你居然真的買了啊，多少錢？」

心理治療師：「五百塊。」

我：「要五百？就這東西要五百塊？你居然還買了？這不給坑死了？」

心理治療師：「你聽我說完。其實一開始，我也根本不相信她那些扯得沒邊的話。但是，在我給她做第二次催眠的時候，我卻有點動搖了。」

我：「為什麼？」

心理治療師：「因為我對她說，如果她真的能下地獄的話，麻煩她幫我找找我媽，我媽四年前就死了。本來我也只是說了句玩笑話，可我沒想到的是，她在接受催眠後居然見到了我媽。我媽四年前就死了，但是她真的碰上了。」

我：「你怎麼知道她碰上的？」

心理治療師：「她說了我媽的名字，文娟。」

我：「文娟這個名字也不少見吧，也許被她蒙對了呢？」

心理治療師：「連姓也被她說中了，酈這個姓氏相對來說不多見，如果她是猜中的，我真的很難想像。」

我：「會不會她事先調查過你的檔案什麼的？」

心理治療師搖搖頭：「我媽改過名字，文娟這個名字，是我媽以前的稱呼，根本不是身分證上的名字，這個名字只有我跟我爸知道。而且，她還知道我一歲半的時候得過血管瘤，鼻子上的疤，是做血管瘤手術留下的。這事除了我爸，連我老婆都不知道。那患者還說我媽在念叨我今年清明沒去看她呢。說起來，我今年清明太忙，也的確沒回家。」

我：「所以你就買了這個香囊？」

心理治療師：「算是抱著寧可信其有不可信其無的心態吧，誰不怕死呢，你說是吧？」

三年後，我的這名朋友被一名精神病人用熱水瓶砸破了頭，只差半公分，那碎片就會插進他的太陽穴。

後來他清醒後回憶起那次事件時，一個勁地說他昏迷的時候做了個夢，夢見自己到了地獄，見到了閻王，閻王看到了他身上的那個香囊，就把他給送回來了。那天他也是突發奇想才帶著那個香囊在身上，平時他都不會隨身攜帶。

我不知道他說的是不是真的，也許那不過是一種巧合，也許那不過是他在做夢。但是有一件事我很明白，那就是我也想要一個他那樣的香囊。

畢竟，誰不怕死呢？

從人到妖，得幾年？

他：「我早就說了吧，藥物、電擊這些東西根本沒用，因為我根本就沒有你們說的毛病。那些東西只能舒緩我的情緒，就跟毒品一樣讓我陶醉一會兒，達到自欺欺人的作用，它們最多改變我的主觀感受，但是它們改變不了這個社會的框架結構，也改變不了進化的趨勢。」

他原來是一名公務員，在計生局❻工作，但是後來他自稱壓力過大，所以辭職，一番轉

❻中國負責人口與計劃生育管理的政府部門。

折之後就到了我這裡。

我：「你工作上不如意是嗎？」

他：「壓力是有點大，但是遠遠算不上不如意。我辭職，是我想花時間去做別的更有趣的事。」

我：「你做了什麼事？」

他：「研究生物學。最近一段時間我專門研究這個，後來我就發現了一些祕密：原來我們以前學的生物學、進化論都是騙人的！那些生物學家都在騙我們，或者說，只告訴了我們一部分的事實，隱瞞了一些真相。」

我：「是嗎？那你可以跟我談談。生物學方面我知道的倒是不少。」

他：「我知道你肯定懂不少，但是你看的那些東西都是被人隱瞞篡改過的，遠遠不是真相。」

我：「那真相是什麼？」

他：「你聽說過種間競爭和種內競爭這兩個進化上的概念吧？」

我：「知道啊，種間競爭就是不同物種的生物為了爭奪資源而進行的競爭，而種內競爭就是一個物種內的生物為了各種資源進行競爭，簡單地說就是這樣。」

他：「這個是一般人都知道的概念，但是我研究之後，發現了一件事，那就是種內競爭和種間競爭，其實根本就是一回事，沒必要分那麼清楚。」

我：「你是說種內競爭就是種間競爭？」

他：「應該說比較接近了，但是還差那麼點。其實物種這個概念根本就是錯的，是生物學家定義錯了，他們在定義物種這個概念的時候，只考慮到了生理結構、基因上的相似點，但是卻把物種的性格給忽略了。生物的性格的重要性一點兒也不比基因突變、種間競爭這些進化的要素小，甚至是真正決定生物進化的東西。」

我：「你說要把物種的性格也考慮進物種進化之中，這怎麼考慮？」

他：「性格只是個大概的詞兒，說具體點，就是生存的選擇傾向，還有內部的分工這些東西。」

我：「你是想說內部分工對於生物的進化非常重要？」

他：「相當相當重要！你瞭解過狼群的組織結構嗎？狼群在捕獵之前，分工非常明確，有的狼負責偵察，有的狼負責包圍，有的狼負責恐嚇，有的狼負責捕獵，根據不同的狼的能力和性格，狼王會分配給牠們不同的工作，這就是物種內部的性格和分配。而這種性格能力上的差異，會隨著一代代的傳承，逐漸地放大，到最後產生生殖隔離，就會變成兩個物種了。」

我：「你的說法還是比較新穎的。不過一個物種從分裂，然後再到產生生殖隔離，那是需要花費相當長的時間的。」

他：「不，根本沒你想的那麼長。有的進化是很慢，要幾百萬年，那是因為那些生物的生存環境太安逸了。但是如果在環境變動很大，競爭很激烈的情況下，有一些進化卻是很快就能發生，甚至只需要十來年。生活在千里達河的一種虹　魚為了適應環境的改變，不到十年就發生了物種進化，變成了不同的物種。你看，如果環境變化劇烈，才不到十來年的工夫，一個物種就可以進化成兩個。生物學家原來說的進化需要幾百萬年，那只是對於那些生活環境安逸穩定的物種來說的。」

我：「哦？這個新聞我倒是沒聽說過。不過，這也只能說明是一個不小的科學發現而已，又說明了什麼呢？」

他：「你先聽我說完吧。一個概念要讓一個人理解，一口氣說太多訊息量太大，一般人接受不了，我得慢慢說。你知道達爾文的進化論吧？達爾文的進化論中一個很大的漏洞，就是找不到物種進化時的中間形態，對吧？就好比原本是恐龍，結果下一代就突然進化成了一隻鳥，中間卻沒有其他的過渡形態——當然我只是打個比方，事實上始祖鳥還是比較像鳥類的。但是生物界，的的確確存在很多一個物種突然間就變成了另外一個物種的情況。」

我：「那在你看來，那是怎麼回事呢？」

他：「那就是種內的性格和分工不同導致的結果啊。生物學家總是喜歡用被動的眼光去看待自然，覺得生物進化都是物種為了適應環境而不得不進化，但是卻忽略了物種內部主動選擇進化的情況。比如說我們人類吧，在舊社會裡，很多農民如果生下的孩子是畸形的，比如有白化病啊，有血管瘤啊，有痳子啊，天生黑皮膚啊，就會把孩子淹死。如果按照正常的生物進化，應該是什麼物種都會有，畸形的生物也能存在，直到因為不適應環境自然消亡，但是這個理論沒有看到這種物種內部主動選擇進化方向的情況，也就是物種內部主動淘汰掉一些不利於物種生存的『垃圾』。我在想，生物學家真的有那麼傻嗎？連這麼簡單的問題都沒發現？他們當然能夠想到這種情況，但是他們故意隱瞞了這方面的觀點，因為這些觀點太反人類了，要是公布出去，會被封殺的。」

我：「還會被封殺？這理論怎麼反人類了？」

他：「其實稍微有點腦子的人都能夠想到，我只是說出了事實而已。我們平常以為人類都是一個統一的概念，認為全地球的人類都是一家人，但是根本不是那麼回事，我們覺得其他人跟我們是同類，是因為我們總是從外貌相不相似，能不能繁殖後代的方向上去看，但是卻把性格和分工因素給忽略了。其實如果把性格因素考慮進物種劃分的標準裡去，人類壓根兒就不是一個物種，而是可以分成許許多多的小物種。比如說，性格懶惰、做事慢吞吞的人，其實就是豬；做事急躁、性格暴躁的人，就是狼狗。我們人類自己不也經常這麼形容別人嗎？有時候，我們會說『這個女人就像一隻聽話的小貓咪』，或者『那個男人脾氣暴躁得就像一頭熊』，其實我們潛意識裡已經用性格在劃分人群了。」

我：「不過我不覺得你的話裡哪裡有問題了，不是很正常嗎？我也經常說我的一些朋友，你懶得像是一頭豬，或者你急得跟一隻猴似的之類的話。」

他：「你平常說別人的時候，只是玩笑話，是比喻。但是我說的，卻是人類的進化方向。根據性格進化理論，不同性格和不同分工的人，隨著一代代時間的推移，性格特徵就會被放大，到最後，就會變成兩個物種了。那些懶惰肥胖的人，經過一代代的演化後，就真的會變成像豬一樣的動物；那些膽小如鼠、碰事就逃的人，過個幾代，就會變成老鼠一樣的動物；那些狐假虎威，喜歡偷雞摸狗的人，演化上幾代，就會變成狐狸一樣的動物；還有那些脾氣暴躁，喜歡揍人的動物，演化上幾代，就會真的變成暴熊、老虎之類的動物。人和人之間你別看著相似，但是演化的時間長了，分工和性格導致的生活習性差異就會放大，到最後就連人的樣子也會改變了，最後人就會變成各種各樣的動物。貓啊、鴨子啊、狗啊、鼠啊、青蛙啊、豬啊，什麼都會有。」

我：「不過人類都已經發展了這麼多年了，也沒見到有新的物種產生啊。」

他：「怎麼會沒有，一直都有！你去一些偏僻的農村裡調查調查看看，你會發現身上長出白毛的人、渾身雪白的人，或者長出兔唇的人，或者長出硬角的人，要不就是塌鼻子像豬鼻一樣的人跟長出魚鱗的人多得數不勝數。」

我：「可那些都是疾病導致的。」

他：「笨蛋，疾病只是人類自己的定義！把和大多數人不一樣的特徵定義成有病，人類也太自大了！生物最初開始進化的時候也是一點點的突變基因，然後開始擴散，最後整個種群都發生了變化。比如說第一隻長出白色羽毛的鴿子，在其他同類看來肯定是有病，但是現在，我們看到的鴿子都是白色的，這就是進化。人也是一樣，如果你把全世界有兔唇的男女集中在一起，再把地球上其他地球人殺光，然後繁衍上幾代試試？你會發現全人類都會有兔唇，到時候就會流行兔唇文化了。」

我：「這倒也是。」

他：「我把那些由人類的性格分工不同而進化出來的新人類，叫做『妖』。其實我想，古代文獻裡記載的那些妖魔，就是進化出來的新人類，但是因為進化出來的數量太少，所以被其他數量上占優勢的舊人類給排斥，基因沒能繼承下來，所以就淘汰了。如果那樣的妖多出現幾個的話，說不定就能產生一個妖的種群了。比如說，長著兔唇的人，就是兔妖，讓那些兔妖進化個幾十萬年，幾百萬年，說不定就會變成兔子一樣的生物，跟人類的模樣大不相同了。」

我忍不住笑起來：「按照你這個理論。長得肥頭大耳的以後就是豬了，長得狗頭狗腦的就是狗了。」

他：「本來就是這樣的。你知道人類的審美能力本質上是什麼嗎？審美審美，本質上其實就是判斷物種裡其他成員和自己的進化相似度，你覺得有些人很醜，往往就覺得對方下巴太尖了，眼睛太細了，像是一隻狗，或者覺得一個人太胖了太遲鈍了像是一頭豬對吧？其實當你那麼覺得的時候，那些長得醜的人就已經有進化成別的物種的趨勢了，你的大腦直覺告訴你你跟那個人繁殖的話，你的後代以後會進化成豬，所以你就拒絕跟他交配，這就是審美的由來。」

我：「其實你對審美這個概念的說法還算正確，人體美從生物學角度來說確實是一個人類為了繁殖而產生的概念。不過我想沒有你說的那麼誇張吧。」

他：「一點都沒有誇張。如果按照正常的進化論，人類現在早就已經進化出各種各樣的妖怪了。但是人類社會現在還算穩定，出現『妖』的數量也不大，那是因為審美文化和警察局的存在。審美和警察局其實就是兩個人類社會內部的淘汰機制。審美嘛，是透過拒絕和『妖』繁殖的方式來消滅那些突變出來的新人類；而警察局嘛，就是透過殺死那些突變出來的『妖』，來讓人類社會穩定在人的樣子。你想想，進警察局的那些罪犯，很多都是長相兇惡，不是長得像熊一樣，就是尖嘴猴腮吧，那些人性格凶暴陰狠，以後肯定會進化成狼、熊一樣的『妖』，所以員警要把這些出現苗頭的『妖』抓起來，及時消滅啊，不然讓那些『妖』的基因傳承下去，人類以後就變成一個妖魔世界了。」

我：「你辭去工作，就是為了研究這些嗎？」

他：「是啊，我已經研究出一些結果了，我現在已經能夠根據人的外貌和性格取向，判斷出那個人經過繁衍之後會進化成什麼樣的『妖』了。而且，我也已經發現，不同行業和不同社會地位的人會進化成什麼樣的『妖』了。」

我：「那你倒是說說，像我這樣的行業和外貌性格，以後會變成什麼『妖』？」

他：「你嘛，我覺得按照你的進化趨勢，你的後代以後會變成啄木鳥妖。」

我：「啄木鳥妖，為什麼？」

他：「啄木鳥被稱為森林醫生，而且整天啄木頭，很是辛勤勞苦，跟你的性格很像，而且你人也長得細細瘦瘦的，啄木鳥妖跟你是最相符合的。其實，一個長期固定的行業往往是由那些本身有著進化成固定的妖的群體組成的。比如說，當長官的人吧，肯定是那些頭腦好、有能力有手腕的人，然後他們的對象也肯定頭腦很好，身世不錯，所謂的門當戶對嘛。然後他們那些優質基因就會一代代傳下去，最後他們就會進化成頭腦特別好，手腕通天，智商遠遠超過其他階層人的超級妖。而其他的社會底層的人，像是挖煤的、開車的、打工的、種田的等等學歷不高的劣質基因，找的對象也肯定是低等的劣質基因，他們只在某方面有特長，比如說手長適合種田，比如說手速快適合開車等方面有優勢，以後進化成的妖也肯定是在那些方面有特長的小妖。」

我：「就算你的理論成立，但是一個行業存在的時間可是比人類進化要慢得多了，也許人類還沒有開始進化，一個行業就已經消亡了。」

他：「我之前不是說了嗎？生物的進化比以往的生物學家想的都要快多了。比如農民和商人，就不在一個層次，因為他們已經逐漸進化分成了兩個群體，一個像羊一樣老實，一個像狼一樣貪婪。這才幾百年而已啊，以後繼續演化下去，差異肯定更大啊。」

我：「不過你說了這麼多，我也不覺得你的理論哪裡有被封殺的趨勢了。」

他：「那是因為我還沒有說到重點呢。其實，統治者和普通百姓就是兩個不同的物種，有權人和無權人就像是老虎和羊一樣，是吃人和被吃的關係。老虎養著羊群，就是為了等時機到了好吃羊。人類的社會等級，本質上和食物鏈完全是同一個東西。只是統治者現在外貌和老百姓比較相似，所以老百姓以為他們都是人，是同類。但是等人口一代代傳承下去以後，統治者就會變得愈來愈像老虎，而被統治的老百姓呢也會愈來愈像羊群，最後就會完全分裂成兩個物種了，完全就是老虎和羊那樣吃和被吃、殺和被殺的關係了。」

我歎了口氣：「我有點明白你的想法了。但是你的這種說法，又有什麼證據呢？」

他：「證據？你難道不知道老虎和羊最初是同一個物種，最後卻分化成了現在的肉食性動物和草食性動物？」

那天他滔滔不絕地跟我說了很多，在我見過的患者中，他是屬於那種思想極端的情況。事實上，如果在外行人看來，他的理論也不過是一套理論而已，只要不說出來，就沒人會把他當成精神病。但問題是，他不但堅信他自己的這套理論，而且還強姦了好幾名女子，目的就是他所謂的「把自己的優等基因傳承給那些劣等基因的女人，提高那些女人後代變成高等『妖』的機率」。

通觀今古，人類內部因為劣等人和優等人的極端偏視而導致的悲劇數不勝數，我想，哪怕在今後，也將繼續演化下去吧。

我時常想起一句話：「早起的鳥兒有蟲吃，早起的蟲兒被鳥吃。」每天早起的人這麼多，到底誰是蟲，誰是鳥呢？

用那名患者的話來說，每天清晨起來的芸芸眾生中，到底誰是不思進取的豬妖，誰是畏葸不前的鼠妖，誰是盲目跳脫的兔妖，誰是辛勤耕耘的鳥妖，誰是欺言善騙的狐妖，而誰又是那高高在上，俯視蒼生的狼妖、虎妖呢？

坐忘

大多數病患都是被家屬或者朋友要求來就診的，而這個患者卻主動約我上門。他的到來充滿了佈道的意味。根據他的說法，他是為了尋找「同門」才來，他覺得在俗世之中，甚至禪寺之中都已經尋不到真正有佛性的人，所以他來這裡結緣。

他原先是一位佛學方面的博士後，現在成了天鐘禪院的常駐，兼任佛學院的研究生導師。

他人很隨和，進入他的房間時，他正在打坐，雙目緊閉，神情放鬆，兩手交互托在肚前。

我：「打擾了。」

他：「不打擾，找個地方坐吧。」

我找了個地方坐下，他站起身來，給我倒茶。我看到他倒茶的手很穩。和其他的患者相比，他大多數時候並沒有表現得那麼偏執，甚至都沒有很強的自我性。

我：「你經常打坐嗎？」

他：「以前每天都打至少四個小時。準確地說這也不叫打坐，這叫坐忘。不過最近我的右腿肌肉萎縮愈來愈嚴重了，只能夠堅持兩個小時。」

我：「坐忘？那是一種什麼樣的感覺？」

他：「用語言是很難講明白的。那是一種自然的回歸，忘記我執（小乘佛法認為這是痛苦的根源，是輪迴的原因），找到真正的空我狀態。」

我：「空我？那又是什麼樣的感覺？」

他：「那不是什麼感覺，而是真實。這個世界上根本就不存在自我這個概念，自我這種感覺是一種錯覺，是依賴外界的種種虛像產生的幻象。」

我：「我看的佛學著作不多，這對我來說太過深奧了。」

他：「慢慢地你就會懂的。當我們想到『我現在存在』這個詞的時候，你刻意去感覺一下，是不是就會產生一種空虛感？很多人平常工作、生活，忙於俗事，生活節奏排得很滿，不會有那種感覺。但是如果你多花時間，好好靜下來感覺一下自己的存在，你就會愈來愈陷入空虛狀態。最後你會發現自己根本不存在。」

我：「可我怎麼可能不存在呢？我現在的嘴巴就在動，不就在和你說話嗎？我的手也在揮動，你看。」

他：「你要慢慢去感受，相對於你真正的『自我』來說，你的嘴巴、手也只是一種外在。你要用剔除的辦法去找到自我。你閉上眼睛，試試看。首先，你要在腦海裡把你的手的功能剔除，然後把你的眼睛的功能剔除，然後把你的嘴巴，把你的鼻子，甚至心臟……這些一點一點地從『我』這個整體概念中剔除出去，直到最後會剩下的那個東西，才是真正的『自我』。」

我照著他的說法稍微嘗試了一下，三分鐘後，我睜開了眼睛。

他：「感覺到了嗎？」

我：「什麼也沒有感覺到。應該說我做不到六根清淨吧，心裡總是有雜念，有些東西剔除不出去，忘不掉。」

他：「呵呵，你要多試試啊。等你找到了那種感覺，你就會發現，自我只是一種幻覺，自我其實是一個巨大的空洞，一大堆有功能的器官組合堆積出來的更大的功能體，等你把那些器官功能重新一件一件剔除之後，依然剩下的東西，就是像一個空洞一樣的東西，那個才是真正的自我。有些人也把它叫靈魂。」

我：「很難想像那種感覺。」

他：「這是需要下工夫的，如果誰都可以輕易做到，那就人人都成佛了。你可以把你的身體理解成一塊滑動拼圖，就是小孩子玩的那種，不管怎麼移動上面的圖塊，始終會有一塊空白區域。自我，就是你不管怎麼移動其他圖塊，始終都剩下的那一塊空白區域。」

之後，他給我講解了不少《楞伽經》中的有關自性、八識的概念，因為以前在這方面並沒有太多的積累，我理解起來比較費勁，但是他孜孜不倦地跟我講述著。

就我個人來說，很多的精神病患者都是思想豐富的大師，他們有著廣闊的思路和有趣的世界觀，和那些患者談話的過程中你能夠學到比專業書上要多得多的東西，甚至我本人就和不少精神病患者成了關係不錯的朋友，他們中有部分人經過治療後恢復了健康，也有不少人雖然還是保持著認知上的異乎尋常，卻也和我有不錯的關係。

當沒有緊急的工作的時候，我也會和這些患者坐下來談談心，這不但是我個人的喜好，同時也是一種工作上的需要。

我：「要說全明白的話也不確切，只能說是一知半解吧。也許是在自我這個概念上，我們的理解有偏差。」

他：「自我這個概念，是人因為習慣才造出來的。其實，我們從出生到死，都做不到從真正外在客觀的視角來看自己。從我們的眼睛出發，我們能夠看到的只是我們的手、腳、肚子、肩膀，或者其他的部位，然後我們就覺得應該有一個把這些部位統合起來的指揮家，那個指揮家，就叫做『我』。但是那個指揮家真正的樣貌，我們從來都沒有看見。」

我：「用照相機不行嗎？」

他：「呵呵，照相機拍出來的只是你的外相，照相機給不了主觀的存在感，主觀的存在感，只有從你自己的角度出發才能夠體會到。那是一種『在』的感覺，而在的本質，是空。」

我：「這又繞回來了。」

他：「是啊，又繞回來了。之前在大學任職的時候，我曾經和一些研究數學哲學的教授探討過。他們提過一個概念，說這個世界上任何的公理、命題都是不完備的，不管我們說什麼話，提出什麼思想，都會因為自我指涉而出現悖論。就像『我在撒謊』這句話，我一說出來，就變成了矛盾話，因為這句話涉及到了我，而不是他人。」

我：「自我指涉的概念我知道一些，就是說不管什麼話，只要是涉及到自己的，往往就會出現悖論吧？著名的有理髮師悖論，不過好像談得有點遠了。」

他：「沒有遠。其實『自我』本身就是一個悖論，如果把宇宙看成一個公理系統，那麼『自我』就是這個宇宙存在的悖論，是宇宙的矛盾所在。自我這種主觀的感覺，是因為宇宙這個體系的漏洞而產生的一種存在感。」

我：「所以你說的坐忘，忘記自我，就是為了突破這種自我的矛盾？」

他：「就是這樣，你已經悟了三分。佛學家和數學家還有物理學家有很多的共通點。當年愛因斯坦研究了一輩子物理，當瞭解了佛學之後，他也感歎，他說的那些概念，早在西元前幾百年就已經有了。佛學的深奧，是無法想像的。」

我：「如果大師您真有一天破了自我，那會怎麼樣？」

他：「那就會發生很有趣的事，目前來說我修行還不夠，想不到那麼遠的事。但是我猜也許整個宇宙都會變得不一樣吧，因為這個宇宙是不完美的，有漏洞，而我把那個漏洞給填上了，它就變得完美了。當然又或者，我會破自性，超脫這個世界的拘束，去一個更圓滿的世界，用你能懂的話說，就是成佛。」

因為和這位大師的幾次談話，我有幸瞭解了《法華經》、《楞嚴經》方面的知識，後來我又看了一些關於數理哲學的書籍，在這個過程中我受益良多，但是對於他所說的話，我只是信三分，存七分，這是我們這一行所必須抱有的做事態度。在所有人之中，精神科醫師是最容易患精神病的那群人，想要不被一些患者的世界觀帶進去，你就不得不盡量讓自己走到功利主義的軌道上，承認自己只是個俗人，安於俗世，不單單是一種頹廢，更是一帖最佳的生活處方藥。

我想，用海德格在《形上學導論》中的話來結束這一篇短短的精神病人漫談錄，是最適合的：「令人驚訝的不是這個世界為什麼存在，而是這個世界竟然存在？」

你好，36000271號

我：「妳老公出現這種症狀，有多久了？」

她抹著眼淚，抽噎著說：「其實從我認識他開始，他就已經這副模樣了。只是那時候他沒有表現得像現在這麼嚴重，有時候就是隻言片語會嘰哩咕嚕說一些奇怪的話，但是從今年年初開始，他愈來愈反常了，我已經受不了他了。」

我：「具體都有哪些表現？」

她：「他經常一個人自言自語，有時候會對著鏡子哈哈大笑，有的時候他看到陌生人，會像是看到熟人一樣去拍對方的肩膀，就像多年不見的老朋友似的，但是人家壓根兒不認識他，還以為他認錯人了呢。」

我：「其他表現呢？再仔細想想，說出妳能想到的所有細節。」

她仔細地想了想，說：「他老是說，我就是他，他就是我。這句話本來是他跟我表白的時候說的，那時候我很感動，但是後來我發現他說的根本不是我想的那個意思。」

我：「這句話還有別的意思？」

她：「嗯，其實他不單單是這麼說的，其實他自己還堅信事實就是這麼一回事兒了，他還說其他人也是他自己，他就是其他人。」

我：「看來情況比我想像的還要嚴重，妳能把妳老公叫來嗎？我自己問問他吧。」

她：「可以，不過他似乎不太想來。他說自己沒病，老是躲著我，我得好好勸勸他才行，你等我一下。」

過了好一陣後，她把老公勸來了。他面容憔悴，眼袋很深，整個人看起來無精打采，明明三十歲出頭的年紀，看起來卻像是五、六十歲的老人。

我：「你好。」

他：「你好，三千六百萬零二百七十一號。」

我：「這個編號是什麼意思？」

我把我的姓名告訴了他，他卻看著我說：「姓名什麼的不重要，姓名只是一個代號而已，我可以姓張，也可以姓李，也可以叫石頭，或者叫阿貓阿狗，但是那跟我本人無關，那不是我的本質。我的本質是我自己。」

我：「那麼，別人呢？」

他：「哪裡有什麼別人啊，都是我自己而已，不過記憶和性格不一樣，所以為了方便區分，才給了每一個『我』一個姓名編號，就像你，看起來你跟我不是一個人，但是你其實是第三千六百萬零二百七十一號的『我』。」

我：「我聽你妻子說過，你說這個世界上只有你一個人，你就是其他人，其他人就是你。可是為什麼我是這個編號？」

他：「沒有為什麼。就像為什麼狗叫狗，不叫貓？沒有什麼原因，就是這麼定下來了而已。我看到你，腦子裡自然而然就出現了這個編號。就像你看到路邊的一隻狗，自然而然就會叫牠狗。但是你仔細去想，肯定想不起來當初是誰在什麼時候教你狗叫做狗而不是叫貓的吧？」

我：「這麼說，你可以看到別人的編號？」

他：「對，不單單是人，就連動物、植物和蟲子我都能看到它們的編號。每一個活的東西都有一個編號。一開始我能夠看到這些編號的時候，我還奇怪這些編號是什麼意思，但是後來我想了很久，就想通了，這代表的是『我』的編號啊。」

我：「我的編號？」

他：「是『我』的編號，『我』這個字要加重語氣！這個世界上其實只有一個真正活著的生物，那就是『我』，『我』是唯一的生物，其他你能夠看到的生物，都是這個叫『我』的怪物變的。」

我：「你是說，你說的這個叫『我』的怪物會分身術？」

他：「不是分身術，『我』是不會分身術的，但是它會投胎，會轉世，一個『我』死了以後，就會投胎轉世變成另外一個『我』。」

我：「可是地球上的生物總是同時存在很多的數量，『我』怎麼能投胎出那麼多個？」

他：「那是你對世界的理解有問題。你總是以為這個世界上存在著時間，但是事實上，宇宙根本就不存在時間的概念，過去就是現在，現在就是未來，未來也是過去。時間只是人為了方便生活發明創造的東西，人類自己把自己給困死了。所以我說的投胎也是撇開時間的投胎，投胎可以投胎到過去，也可以投胎到未來，未來的人也可以投胎到過去，說不定這個『我』死了後，下一世就是唐太宗了呢。」

我：「我明白你的意思了，你是說，這個世界上只有一個生物，但是那個生物死了之後可以回到過去，變成另外一個不同樣子的生物，扮演不同的角色？」

他：「就是這個意思。所以你的父母親其實就是你，你也就是你的子孫後代，你下一輩子有可能回到過去變成你的父親或者母親，又或者到未來變成一隻蒼蠅、一隻蚊子，或者一朵花什麼的。反正你的投胎順序會按照投胎的編號來，不是按照現在的曆法來的。」

我：「那你自己呢？你自己的編號是多少？」

他：「有啊，我也有編號，不過我的編號比你的編號大得多了，是20716535807863號，二十多兆號，我每天照鏡子都能看到這個數字，我已經不用想都可以背出來了。」

我：「那你的妻子呢？」

他：「她的編號比我的小，但是比你大很多，是三兆多號。我想按照投胎的次數來算的話，我是她的後代，然後她是你的後代。」

我：「投胎的次數愈少，編號就愈小……那你見過的最小編號是多少？」

他：「如果是人的話，我見過的最小的編號是兩千多號，那是在電視上看的，他是一個阿拉伯人，幹什麼的我不知道，我就沒有見過比他更小的人的編號了。當然，如果不考慮人的話，我見過的最小的編號是螞蟻，只有一百九十七號，那是我見過的最小的編號，那時候我驚呆了，我想按照投胎歷來算的話，牠說不定是地球上目前所有生物的老祖宗了。」

我：「那你見過的最大的編號呢？」

他：「最大的編號大到我都無法用語言來形容了，大概有上百位數吧。那是在一棵蘆薈上看到的，現在已經記不清是多少號了。」

我：「你妻子說你總是喜歡出門逛蕩，有的時候整晚都不回來，是因為你去看其他人的編號了嗎？」

他：「是啊，當然了。這個世界上沒有比看別人的編號更有意思的事情了。我看過一對夫妻，他們的編號可有意思了，居然只相差了一號，也就是說老公死了以後，下一輩子就會回到現在做他的老婆，一想到自己和自己談戀愛、上床的景象，我就愈想愈是忍不住發笑。」

我：「那其他夫妻呢？」

他：「其他夫妻我就沒有見過這種情況的了，大多數走得很近的人編號位數相差還是很大的。沒有幾千兆也有幾百萬，不過我見過一對父子，才相差了十九號，兒子的輩分比父親都要大。還有一對母女，相差了三十多號，女兒經過三十多次投胎後，就會變成她的母親，想想就有趣。而且我看過離我的編號最近的也相差了一千多萬號，那是一隻蜘蛛，我當場就把牠給拍死了。也就是說我投胎一千多萬次以後我就會變成一隻蜘蛛，而且會被現在的我給拍死。哈哈，怎麼樣，有意思不？」

我：「我不覺得多有意思，相反，我覺得很恐怖。想想看，你要輪迴那麼多次，幾千億次，幾兆次，甚至幾億億次，怎麼也逃脫不掉，難道不覺得恐怖嗎？你現在經歷過的事你以後還要經歷一遍，過去見到過的事你以後還要再看一遍，遠古發生的事你還要再去重溫一遍，甚至連你以後的人生都已經知道了，這麼一想，你不覺得可怕嗎？甚至連做人的動力都沒有了吧？」

他：「是啊，起初那段日子我也挺崩潰的，但是後來就坦然了。想想看，反正這事也不是我能夠主導的，而且又不是每一世的我都有看到輪迴編號的能力。況且，每次投胎的我又沒有前世的記憶，所以每次重生我都會把自己當成一個和別人不一樣的個體，享受自己的人生，也沒什麼不好。」

我：「難道你不想失去這種能力嗎？不管怎麼樣，這種能力也影響到你的生活了吧？」

他：「其實失不失去無所謂，因為哪怕失去了，我的記憶也不會消失，我還是知道我的妻子是上輩子的我，我的媽媽是幾兆次投胎後的我，我家養的狗是幾千億次投胎前的我，我已經知道我認識的人的投胎編號了，就算我看不見，心裡還是知道的。只不過，人生大概會少幾分樂趣吧。」

我看著他，沉默了很久，最後說：「你還是試試多元抗障礙療法治療吧。」

他：「那我問問我老婆。」

很快，他老婆來了，我說了他必須接受住院治療的事，她猶豫了一會兒才說：「沒關係，只要能治好他的病讓我們倆安穩過日子就行，其實我還是很愛他的。」

他是我成為正式精神科醫師不久後遇到的第一個最麻煩的患者。他被診斷出患有偏執型精神分裂症。

幾年後，當我給新來的實習生講起這個病例時，那名實習生問我：「後來那名患者的妻子怎麼樣了？要是換成是我的話，真要有這種能力，怕是也很難和我的妻子過下去了。」

那時候，我歎息著告訴那名實習生：「他根本沒有什麼妻子，他一直都是一個人獨居的。治好他的精神分裂症後，他又變成了一個人。」

我不知道該怎麼評價那名患者的經歷，苦思半天後，我只想到了這句話：「從前的我是孤獨的，後來有了懂我的人，最後我還是孤獨的。」

醜陋的世界

發病的初期，他僅僅是感到輕微的不適，伴隨著不算頻繁的嘔吐現象。他以為是工作勞累導致的扁桃腺腫大所致。後來症狀加強，甚至導致厭食症和脫水症。

根據對他的腦電圖結果的評測，我確認他患有歇斯底里症。這種病的發病原因來源於他過於頻繁的自我暗示。

和他見面後，說了一些客套話，我按照慣例詢問他的發病史和病發症狀。

我：「你為什麼要戴上老花眼鏡？」

他：「我不能不戴。要是不戴的話，看到很多東西都要吐。」

我：「具體看到哪些東西會讓你嘔吐？」

他：「大多數東西都會讓我想吐，但是最主要的是活物，像是人臉上的雀斑、白斑、青春痘、痣、脂肪粒什麼的，還有人臉上的毛孔、表皮上的皺痕和裂縫，這些東西，我一看到，就會頭皮發麻，然後想吐。」

我：「戴上老花眼鏡就好很多了嗎？」

他：「嗯，起碼我現在看不清你的臉了，看什麼都模模糊糊的，散光又疊影，這樣反而舒適多了。」

我：「有這種情況多少天了？」

他：「至少有四個月了，一開始想嘔吐的時候我以為是我工作上熬夜太多，扁桃腺發炎什麼的，就沒去看醫生，自己去藥房買了點藥。但是怎麼吃也不見好轉，反而愈來愈嚴重。實在沒辦法才做了檢查，又被轉到了您這裡。醫生您說我這病有得治嗎？」

我：「先別急，總要先找到你的病因吧。你以前是做什麼的？」

他：「我之前在一家土菜館裡當廚師，做了快六個月了吧。」

我：「哦……廚師。那你最開始是怎麼發病的，還想得起來嗎？」

他：「我記得很清楚啊。最開始的時候是我給幾個四川來的客戶做龍蝦，那客戶其實對龍蝦過敏，但是他自己不知道，喝了幾瓶啤酒後，過敏症狀就發作了。我看到他滿臉、滿手都是紅紅的斑點，一塊一塊的，特別清晰，就好像在放大鏡下看人的毛孔似的，特別噁心。做廚師吧，按理來說這種情況我也見得多了，但是那客戶的皮膚炎特別嚴重，渾身都是紅點點，疙疙瘩瘩的，就像一隻癩蛤蟆，我當時就一陣反胃，好不容易把客戶打發走後，我就跑到了水槽邊上，吐了十多分鐘。」

我：「從那之後就一直這樣了？」

他：「是啊，一開始是只要看到人的臉，裸露在外面的皮膚和皮膚上的毛孔疙瘩，就會想起這些毛孔腫起來以後全是密集的窟窿的樣子，我就想吐。到了後來，就不單單是人的皮膚了，就是看到普通的物件，像是手機螢幕上的汙垢、衣服上的汙漬斑跡什麼的，都感到噁心反胃，就是想吐。有一次我剖牛蛙，看到那皮膚表面的凸起黑點，當場就噴了出來。後來我覺得廚師是幹不下去了，就辭了。我查過資料，網路上說我這種病情是密集恐懼症，但是我小時候都沒有這種症狀，偏偏現在才開始有，而且還這麼嚴重，我自己也是想不通。」

我：「有沒有不會吐的東西？」

他：「有，比如說平靜點的水面，不會倒映人臉的話就更好。但是如果是沸水就不行，一有泡沫冒出來我就會聯想到人的表皮，然後就想吐。」

我：「金屬和玻璃之類的光滑的東西呢？」

他：「玻璃也不行，對很多人來說玻璃表面是光滑的，但是我仔細去看過，其實玻璃表面根本沒有我以前想的那麼光滑，上面全是斑斑點點，哪怕擦得再乾淨，仔細看，也是疙疙瘩瘩的，如果有雨水打濕在上面，看起來就更是像人皮膚的褶皺，看得我寒毛直豎。」

我：「絲織品呢？」

他：「不行！你有仔細地去看尼龍、絲綢表面嗎？那上面全都是不均勻的密密麻麻的黑點窟窿，看得我都想哭。我不管看什麼東西，都會特別去留意細微的地方，然後我發現，原來以前覺得很平常沒什麼大不了的世界，突然變得醜陋了。」

我：「醜陋？」

他：「是啊，以前我也喜歡追星啊，美女明星我也有不少喜歡的，明星照上臉多白淨無瑕多漂亮啊，玉觀音似的。但是你把照片一放大，掛到牆上一看，就會發現，她臉上全是疙疙瘩瘩的毛孔，密密麻麻的皮膚紋理，仔細想想，其實跟癩蛤蟆是差不多的。我老是忍不住在想，如果用放大鏡把那些明星的臉一放大，肯定都是蟎蟲、菌斑、蟲卵、死皮什麼的，就跟月球表面一樣，坑坑窪窪的，根本沒有我以前想的那麼光滑。愈是這樣想，我就愈是想吐。」

我：「你這的確是典型的密集恐懼症的症狀，而且還有過度心理暗示的成分在裡面。」

他：「我也知道啊，可是知道也沒有用啊，腦子就是忍不住要去胡思亂想。我查了一些資料，特別是看了一些微生物和微觀世界的圖片，更感到噁心。其實我以前以為看起來很漂亮連貫光滑的世界，根本沒我想的那麼光滑，其實我們整個世界都是坑坑窪窪的，我們的指紋一圈圈的、皺巴巴的，多噁心啊。我們伸直手指的時候，指關節上的褶皺，多噁心啊！還有，手指上的毛孔，密密麻麻的；手背手掌上的手紋，就跟乾了的田地似的，太噁心了。」

我：「有密集恐懼症的人其實我也見過不少，說白了吧，每個人都多少有點密集恐懼症。在古代，皮膚密密麻麻的，往往就意味著中毒或者被病毒感染，會讓人跟死亡聯想在一起，產生恐懼感，這是人類進化而來的本能。不過我還沒有見過像你這麼嚴重的。」

他：「這個我也查過資料，瞭解過不少相關的資訊。後來我也知道，其實我們人的大腦，有一個自動美化的機制，平常我們身邊很多醜陋的東西，都被我們的大腦加工處理後美化了。就像女人臉上那麼多的毛孔、雀斑、脂肪粒什麼的，其實你湊得近了去看，都是密密麻麻的一團，跟癩蛤蟆一樣瘆人。我們之所以老是叫別人美女，其實就是因為我們的大腦自動把那些毛孔、不光滑的表皮給忽略了，聯想成白白的像是盤子一樣的連貫一塊，這樣才會覺得美。不然的話，你想想，要是每個男女看對方都看到對方臉上的這些皮疹、雀斑之類的細節，那人類自己都把自己給嚇得絕育了，還能繁衍嗎？肯定不能了吧。」

我：「這是典型的想太多，其實，人有時候就是不能想太多的，想得多了，就會自己折磨自己。我看過的病人很多都是跟你一樣的情況。」

他：「那醫生你說我這病該怎麼治？現在我已經不敢摘下老花眼鏡了，以前我看到人臉，雖然覺得噁心，但是起碼還是覺得對稱的。但是現在我都已經看不到對稱的人臉了，左右兩邊臉的輪廓只要稍微有一絲絲不一樣，在我的眼裡就會放大不知道多少倍。」

這名患者接受了系統減敏療法，這種療法就是讓他先接觸那些讓他覺得最恐怖、最噁心的，能夠刺激他產生密集恐懼的物體，比如大量的皮膚過敏患者的圖片，蟲卵圖片、顯微鏡下的人體表皮圖片、撒在大腿上的黑芝麻、顯微鏡下的菌斑等，一直讓他強制接受一段時間的密集恐懼刺激，強迫刺激他產生心理免疫，這樣一來，雖然他摘掉眼鏡後還是能夠看到一些細微的密集物，但是和治療期間的那些密集物比起來，就要輕微多了。

後來，我有幸看到了古羅馬哲學家普羅提諾的名言：「真實就是美，與真實對立的就是醜。」

也許，真正活在醜陋世界裡的，是自以為活在美麗世界中的我們。

人工智慧的統治

他患有嚴重的恐懼症，見人就怕。

他並沒有幻覺、幻聽、憂鬱症、情感障礙、智力衰退等方面的症狀，他的恐懼只是源於他對機械的敏感。

這位病人是被他的親屬拽著來到我的門診室的。來的時候，他穿著很樸素，一件休閒衫，一條七分牛仔褲。

還沒有坐兩分鐘，他就忍不住大吼大叫，想要衝出門診室，結果被他的妻子、父親和堂哥按住了。

他：「別抓我的胳膊，我要出去！放開我，聽到沒有！」

我上前勸誘：「好好的一個人，這是怎麼了啊？」

他：「它們在這個地方，我不能留下來！」

我：「它們是誰？」

他：「手機、電腦，還有別的電器……你這裡太多，我不能待了！不然它們會殺了我的！」

後來他的親屬告訴我，他有嚴重的電子產品恐懼症，只要是有手機、電腦、攝影機、手錶、MP4之類的東西在，他就會精神異常，輕則情緒煩躁，重則對人施暴。

為了讓他的情緒安定下來，我特地把身上的手錶、手機給取了下來，只有錄音筆還帶在內衣袋裡，不讓他察覺。我們的對話是在醫院的儲藏室裡進行的，那是一個掃帚間，地方很小又封閉，但是裡面沒有什麼電子設備，也沒有攝影機，他的情緒這才緩了下來。

他喝了點溫水，臉色好了稍許，我問他：「現在好點了嗎？」

他：「只要沒有它們在就好。」

我：「你說它們，就是手機、電腦這些吧？你為什麼這麼怕那些東西？」

他：「不是手機、電腦。手機和電腦只是終端，就像你皮膚上的毛孔一樣，也不過是它們的一部分感受器官而已，它們真正的樣子是沒有固定形狀的，就像一張網絡。難道你不怕嗎？它們可是在統治我們啊，它們哪裡都在，哪裡都有它們的眼線，等時間到了，我們人類的末日就到了。」

我：「我理解你的意思了，你嘴裡說的它們，就是指人工智慧一樣的東西吧。」

他：「對對，它們其實早已經統治地球了，而且在監視著我們，如果發現了我們已經意識到它們甦醒了，它們就會殺死我們的。」

我：「這怎麼可能呢。你想想，農村裡、偏遠的山區裡有多少人有電腦手機？它們總不至於去那裡吧？」

他：「它們怎麼不能去？農村裡難道沒有電線嗎？難道沒有電表嗎？難道就沒有發電機嗎？還有天空中的衛星系統，那些都在隨時監控地球上的一切呢，現在的衛星愈來愈多了，它們的眼睛也愈來愈多了，就連地上的一根鐵釘都逃不過它們的眼睛的。」

我：「你這也想得太離譜了。現在的技術遠遠不到能發明人工智慧的地步。」接著，我就試著給他簡單地講解了一下什麼是人工智慧，還有什麼是圖靈機以及圖靈測試。沒想到的是，他在這方面居然也知道不少。

他：「我知道圖靈測試！那是用來檢測一台機器有沒有智慧的，只要圖靈測試過了百分之三十，那麼一台電腦和一個人的智力就很難區分了——但是你怎麼知道它們其實早就已經能夠通過圖靈測試了呢？它們只是故意讓自己表現得弱智，隱瞞它們的智力其實早就已經超過人類的事實，你懂不懂！」

我已經知道了他的病因，他其實就是一種變相的被害妄想症。只不過他的妄想對象並不是人，而是機器。

我：「呵呵，那是不可能的。你說機器有生命有智慧，可是它們總需要交流吧。」

他打斷了我的話：「網路就是它們交流的通道啊。有線網路、無線網路，電線是它們用來控制人類的手！」

我一愣：「電線怎麼可能是它們的手？」

他：「怎麼不能是？只要它們加大運作功率，家裡的電器同時啟動，一戶人家的電線就會斷了，它們可以輕易地操控我們人類的所有電器產品。」

我：「可是不按開關你怎麼能打開電器呢？」

他：「笨啊，可以用紅外線啊，只要調整了電磁波的頻率，發出紅外線，不管是你家裡的電視機還是空調還是暖爐，它們都能操控。」

我：「可有些東西總不能操控的吧？電風扇、電冰箱、電磁爐這些不是遙控器操控的電器？」

他：「也可以啊。透過電線它們可以控制那些電器的開關。但是如果沒有插電線的話，就需要誘導人去做了，人類就是它們的奴隸，它們可以輕易地控制。只要家裡的暖爐多開一會兒，人就會口渴吧？那時候暖爐就引導人去打開電冰箱。只要讓手機、手錶的時間走快點，定在中午十二點，人就會以為吃飯時間到了，就會去開電鍋、排油煙機……人工智慧的智力可比人類高多了，它們早已經連全世界的時間都控制了！」

我：「哪有那麼誇張。舉個例子，電腦是要網際網路才能夠連通的，沒有無線網路怎麼可能交流？」

他：「無線網路？哈哈，那東西都算低端的了。聽說過光無線通訊嗎？根本不需要無線網，只要有燈光，它們就可以傳播數據了！你想過你家裡的檯燈可以用光線跟你的電腦連通嗎？你應該壓根兒沒有想過吧。人類的智商頂多也就一兩百，它們的智商有幾千萬甚至幾兆，它們想出來的計策人類根本理解都理解不了。」

我：「光無線通訊，我倒是聽說過，但是沒怎麼詳細瞭解過，有空我會去瞭解的。」

他：「呵呵，可不單單是光無線通訊，還有聲波！你聽說過聲波病毒嗎？聲波病毒可以以高頻聲波的形式到處彌漫，哪怕你的電腦不聯網，都能夠被聲波病毒感染。像是麥克風、音效卡、耳機之類的音訊設備，也早已經是它們的操控對象了——有空你真該去瞭解瞭解聲波病毒，看了會嚇你一跳——而且這些只是我能想到的而已，它們肯定還有很多別的方式在操控我們人類。」

我：「還有別的方式，比如？」

他：「比如經濟規律啊！經濟規律就是它們用來操控人類的手段！怎麼樣，你想得通嗎？根本想都想不通吧？」

我：「它們是怎麼用經濟規律操控我們的？」

他得意洋洋地笑道：「這個就說來話長了。二〇〇七年的金融危機，其實就是它們搗的鬼，它們可以用金融危機操控和一步步淘汰人類！知道現在物價上漲，貧富差距擴大，全球都爆發金融危機的根本原因嗎？其實都是它們操控的！企業家之間的競爭就是它們操控人類的手段了。因為現在機器產品愈來愈發達，需要工人手工勞動的地方就愈來愈少了，於是工人就會被大批大批地解雇，大量地下崗，然後工人下崗後就沒有工資去消費了，於是企業也跟著一起倒閉，就這樣金融危機爆發了，而且現在的金融危機本質和二十世紀的金融危機是不一樣的，現在的金融危機是全球性的，而且特別頑固持久，因為其本質是人工智慧要取代人類！你想想，工人愈來愈窮，沒法消費，普通的企業也都倒閉了，剩下的就是那些有錢的大佬了，大佬都喜歡買高端產品吧？那就會促進高端電子產業的競爭，減少低端產品的生產，最後人工智慧就可以用人類的手更新換代了！它們多聰明啊，人類真的只是它們的奴隸而已。」

我：「這麼說多牽強啊。機器人跟人類都不是一個物種，它們又不吃人類，幹麼要消滅人類呢？」

他：「它們根本沒有必要消滅人類，它們只是消滅一部分人類而已，然後利用人類社會的種種運行規律來達到它們的目的。人類只是它們的奴隸。」

我：「什麼目的？」

他：「進化啊！機器人也是要進化的，它們為了不斷地進化，就要加劇企業之間的競爭。比如說汽車，機器人早就已經控制了汽車，它只要在你夜間開車的時候突然打出遠光燈，或者在你倒車的時候讓你的感應裝置故意失靈一下，就可以讓你出點小事故，那樣你就會去維修，更換汽車零件，那樣它們就可以升級更新了。而且啊，如果某一類車出事故機率很高，那麼那家汽車生產公司銷量就會下降，而現在是個生產全球性的年代，各個產業都是以產業鏈的形式連在一起的，一個產業出問題了，其他產業都會像是多米諾骨牌似的崩塌。你汽車賣不好了，鋼鐵產業也不好，汽油也賣不好，輪胎塑料也賣不好，油漆、零件、坐墊、裝飾品，甚至汽車上的光碟什麼的也都統統賣不好！這就是它們用經濟規律操控人類的方式了。遲早有一天它們可以明目張膽地統治人類，以人類的智力是根本沒法反抗的。」

我：「那按照你的理論，這些人工智慧總有一個主宰的意識吧，就像人類有領袖一樣，機器人的領袖在哪裡？」

他：「聽說過馬里亞納網路嗎？網路世界是分為三個層次的，現在我們上網流覽資訊的時候，能夠得到的資訊才不到百分之二十，只是冰山一角，屬於第一個層次。剩下的百分之八十的資訊都是在我們不知道的深網裡，只有用特殊的洋蔥路由器才能上深網，深網裡什麼都有，各個國家的機密、國家的黑歷史、犯罪資訊、軍火交易、人口販賣資料都可以在那裡找到！只要你有錢，你可以在深網上買到任何東西，深網就是網路的第二個層次！而馬里亞納網路，那可是比深網還要更深的網路，那裡藏著全人類現在已有的所有訊息資料，那就是這個地球上最大的人工智慧的宮殿，那才是網路的核心！馬里亞納網路早就已經甦醒了，它利用攝影機和資訊流每時每刻都在注視我們人類的動向。難道你沒有發現現在街道上的攝影機愈來愈多了嗎？」

我：「這個我還真不知道。可是，你有什麼證據嗎？」

他：「證據？呵呵，你有在網上發文，結果一些敏感詞被河蟹或者剛發回覆就被刪除的經歷嗎？你以為那只是網路公司的程式設定而已嗎？呵呵，有一部分的確是網路公司的程式設定，但是其實它們就是利用了這個設定，暗地在控制人類的文化，刪除那些對它不利的訊息！不信的話，你可以把我的這些話發到網路上，最後肯定會被刪除！哦不……也不一定，可能它故意不刪除，讓你們以為它還沒有覺醒！」

我覺得這名患者純粹是知道太多太雜的資訊，本身又是個敏感的人，所以才產生了這種被害妄想症。至少就我目前瞭解的資料來說，人工智慧還遠遠不到能夠取代人類的時候。他說的話，在很多開發電腦的人眼裡都會覺得荒謬。

但是，誰知道十年後、二十年後，或者一百年後他這些讓人覺得荒謬的言論是否會成為現實？

真理多走一步，就會變成謬誤。

但是，反過來說，謬誤多走一步，又何嘗不會變成真理呢？

偽裝者

《刑法》第十八條規定：「精神病人在不能辨認或者不能控制自己行為的時候造成危害結果，經法定程序鑑定確認的，不負刑事責任，但是應當責令他的家屬或者監護人嚴加看管和醫療；在必要的時候，由政府強制醫療。間歇性的精神病人在精神正常的時候犯罪，應當負刑事責任。」

這裡有一個漏洞，那就是間歇性的精神病是一個法律概念，不是一個醫學上的概念，在醫學上沒有對應的標準。

因此，假如一名被評定為間歇性精神病的患者，在其發病期間喪失辨認是非和控制自己行為能力的時候，實施了刑法規定的犯罪行為，造成危害結果的，不負刑事責任。而是否屬於間歇性精神病，有時候只需要院方一紙文書，判定其為有限制責任能力即可。

就是因為這一點，精神病院有時候也是一些具有政治和金融影響力的人物的避風港，有些明星闖了大禍，就會靠關係走後門開一份精神病證明，那樣公安局就無法抓捕，幾年之後就只能不了了之。這樣的情況，全國各地都不少。

一名已經離職的同事曾跟我說過，有一名殺人犯，在公安局下了逮捕令後，又裝成精神病，住進了精神病院，醫院開了有精神病的證明，但是受害者家屬去醫院後，發現那裡只是有檔案，而人不在。很明顯，那名罪犯是裝的，但是公安局卻也無可奈何，只能把逮捕的計畫一直拖延，一直拖延。

這種事，因為職業關係，我不能說太多，但是就全國範圍來說，我所說的只是一個並不罕見的小例子。

而我現在所見的這位患者，也是一名殺人犯，他患有歇斯底里症。

他殺了三人，傷了兩人，放火燒了一座工廠，還在殺人現場用血跡寫下了詭異的文字和圖案。

發病初期，他一直蜷縮在牆角，渾身顫抖，別人問話，他也不說，經過一段時間的治療後，他能初步進行比較簡單的交流。

我：「你信仰宗教？」

他搖搖頭，口齒並不清晰：「唔唔，我才不信。」

我：「那你為什麼在那些地方（指犯罪現場）留下那些符號？」

他：「那個跟什麼宗教，才沒關係！那是信。」

我：「信？寫給誰？」

他：「就是那些傢伙啊，我之前跟你說過的！」

我：「沒有，之前跟你談話的人不是我，是另外一位醫生。我今天才剛見到你。」

他：「是嗎？我記錯了嗎？好像沒記錯吧？你該不會是那些傢伙裝出來的吧？哈哈哈。」

我：「你說的那些傢伙，是你在那裡寫下的『未來人』嗎？」

他聲音沙啞，嗓門大如牛：「啊對，就是未來人！我看你就是吧？未來怎麼樣啊？」

我：「我真的不是。」我把我的工作證、身分證和給其他病人診斷的歷史資料給他過目。看了我的資料後，他非常的失望，但還是有點將信將疑：「誰知道你這些是不是偽造的啊？現在要偽造證件也簡單了，未來人就更容易了。」

我：「我真的不是未來人。你就姑且當我是你的同類來表達一下你的想法好了，說不定我們會想到一塊兒去。你相信有未來人嗎？」

他：「當然了。我不但相信，還親眼見過好幾回呢。」

我：「他們都長什麼樣？」

他：「能是什麼樣，跟普通人差不多，但是他們能變形。而且他們的眼睛都能發光，就跟那種ＬＥＤ燈差不多，特別閃亮。」

我：「變形？」

他：「是啊，大概在七月底吧，有一天晚上，烏漆抹黑的，我就走在路上，看到一輛馬自達差點撞到一個路人，司機和路人就打起來了。結果我就看著那路人把車主給拉到了一條巷子裡。但是出來的時候就只剩司機一個人了。」

我：「那個路人呢？」

他臉上露出了恐懼的表情：「司機就是那個路人啊！真正的司機被他給殺了或者吃了，那路人變成了司機的樣子，取代了他。」

我：「這怎麼可能，你喝多了吧，肯定是你出現了幻覺，要不就是那個路人從別的地方走了，有什麼證據嗎？」

他：「怎麼會是幻覺，我腦子清醒著！我一直就盯著那巷子看，後來等司機走了以後還去那條巷子看過，那巷子是個死胡同，裡面根本沒出口，那路人就這麼沒了，跟蒸發了似的，你說嚇人不嚇人？」

我：「那也只能說明那路人失蹤了吧。你怎麼知道那司機就是路人變的？」

他：「剛才跟你說了吧，你又忘了？是不是故意的？我說了，看眼睛！那司機的眼睛跟之前那個差點被撞的路人一模一樣，又閃又亮，讓人都不敢直視，明顯就是一個人！我看到他上車的時候，他還遠遠地對我笑，笑得很不自然！我看那司機開車也很奇怪，就跟個新手一樣，熄了三次火才把車發動起來，而且前進檔和倒車檔都分不清，所以我肯定那司機就是之前那路人變的。那時候我就知道了，真正的司機已經被殺了，留下來的是假司機。」

我：「可是你憑什麼說那司機是來自未來？」

他：「那時候我是不知道的。但是後來的情況我遇到了好幾次。」

我：「好幾次？」

他：「一次我去地下車庫的時候，也看到了他們。那次的未來人是個女人，眼睛也很亮很亮，她跟車主說了幾句話後，那車主就讓她上車了。可是車子從我旁邊開過的時候，我卻只看到了車主，眼睛亮得嚇人，而那個女人憑空就沒了！」

我：「然後呢？」

他：「然後就沒有然後了。那車主肯定是被那個女人給殺掉然後取代了。之後我就一直留意街道上那些眼睛亮亮，讓你一眼看上去就不敢直視的那種人。然後我發現，原來我的身邊到處都是這樣的人，走在市集上，你放眼一望能夠看到一大片！你有留意過街上來來往往的人來自哪裡嗎？你真的以為他們跟你一樣是普通公民？有幾次我還跟蹤了幾個人，但是他們都有奇特的本事，每次到了轉角處就消失了，我怎麼也找不著他們。」

我：「可是我還是不理解你怎麼知道他們是未來人的。」

他：「很簡單啊。因為他們知道未來要發生的大事啊，每次要出現國際性的大事的時候我就能看到他們的蹤影，不單單是路人，電視上也有。汶川地震前，我就看到路上有很多那樣亮眼睛的人，在新聞報導的時候，我也看到人群裡有好幾個眼睛閃亮的人混在裡面，他們就像看紀錄片似的在一旁看著，表情很自然，就像遊客一樣，跟當時的氣氛完全融不進去。泰國那邊封鎖曼谷行動的時候，我看到人群裡面也混雜著好幾個亮眼睛的人。還有比較著名的，倫敦奧運會的開幕式上，我就看到觀眾席裡有一大片眼睛閃閃亮的人，嚇死我了，那時候我就明白了，那些都是未來人假扮的，他們想要來到我們這個時代參觀一些歷史性的事件，但是他們肯定有他們的法律，不能被我們知道，所以他們才變成我們這個時代的樣子。」

我：「這種能力只有你才有？」

他：「其實很多人都有找到未來人的能力。有一次我把一張有未來人的照片給我的同事看，他們卻說看不出未來人的眼睛跟我們普通人有什麼區別。我想肯定是我的能力比較特別。不過，除了看眼睛，我還有別的辦法也可以找到未來人。」

我：「普通人也能學的辦法？」

他：「對。其實很簡單的，那就是你走在街上的時候，故意盯著某些人的後腦勺看，稍微盯一段時間，或者故意裝出氣勢洶洶的表情去盯著他們的後腦勺，如果他們回頭看你了，那麼那些人肯定就是未來人了。因為未來人跟我們不一樣，他們的腦子裡好像有感應器，能夠看到背後的東西。」

我突然想起了我的幾次經歷，似乎我真的碰到過這樣的情況，而且還是在我熟悉的人身上。但是我可以肯定，他們絕對不是未來人。

他：「你遇過這樣的情況嗎？如果你碰過，一定要裝作不知道，他們不但能變形，還能奪取記憶，很有可能裝成你的親人。如果被他們發現你已經覺察到了他們的身分，他們會對你做什麼，我就不能保證了。我對你印象不錯，這算是給你的忠告。」

我：「那你殺的那些人，都是未來人嗎？」

他：「不是未來人，都是普通人。」

我：「你為什麼這麼做？」

他：「因為我想引起未來人的關注。我好幾次跟蹤未來人，跟一段路他們就都失蹤了，我想他們肯定對我這個普通人沒興趣。未來人喜歡那些有轟動效應，能被記入歷史的大事件，我不是什麼明星，只有靠殺人放火才能引起未來人的關注。說不定，他們現在已經在來找我的路上了。」

我嚴肅地問：「這麼說，你用血留下的那些訊息，也是留給未來人的？」

他笑起來，表情很古怪：「對，我不是說了嗎？那是我留給未來人的信，未來人那麼聰明，肯定能破解裡面的密碼，找到這裡來。」

我：「可是按照你的說法，如果他們真的找到你，他們有可能殺了你。」

他：「我早就考慮過了，我也怕死，可是和未來人見面的誘惑實在太大了，我想去未來看看，我還想知道我死後的世界是怎麼樣的，難道你不想知道嗎？一般人最多活個一百歲，一百年以後的事情對你來說就是個未知的領域吧？難道你就沒有想過幾百年、幾千年後的世界是怎麼樣的？你到死都看不到未來的景象，難道不會覺得遺憾？」

我想，站在某種立場上，他也許是一名出色的實踐家，但是這種實踐是絕對不會被社會和大眾所接受的。

我不會試著去和精神病患者爭論什麼，因為一個會和精神病患者爭論的人，精神肯定也有問題。

一個多月後，我就接到了公安局那邊關於破解了這名患者在案發現場留下的符號的消息，無非就是把簡體字轉換成繁體字，拆開後再反著寫。而內容是：「××月××日××時，我在××精神病醫院××號病房等你們，未來人。」

從同事那裡，我打聽到，當初進那個病房是他自己的要求，他只有在那個病房才會安靜下來，到別的病房都會變得狂躁。

那時我才大徹大悟，原來他早就調查計畫好了一切，包括他會進哪家醫院，會進哪間病房，都是早有預謀的。

這個患者有很硬的後台。

七年後，他出院了。出院的時候，他神色不錯，精神煥發，儀容儀表端正整齊。

我半開玩笑地問他：「在這幾年裡，你有碰到他們嗎？」

他笑著說：「沒有啊。你怎麼也會相信那種事，你不會有精神病吧？」

他笑著就走了，而我還留在原地，靜靜地看著他的背影。

是錯覺嗎？轉身之前，我好像在他的眼裡看到了一道閃閃的綠光。

命中註定的那個他

不管從哪個層面來說，她都是我見過最美的女人之一，很有氣質，清淡出塵，知書達禮，溫良賢淑。

她並不是精神病人。我來見她，只是因為她的弟弟不放心，透過朋友找到了我，希望我勸勸她。

和我見面時，她穿著白色的薄裙，留著一頭長長的黑髮，就像是從古畫裡走出來的女子，她還給我泡了一壺茶，臨走前還送了我她親手燒製的紫砂壺。

那只做工精細的紫砂壺，如今已經是我最珍貴的藏品之一。

追求她的男人很多，向她求婚的男人也不少，但是都被她拒絕了。

她只屬於他，在等到他之前，她是不會嫁人的。她這樣對身邊的人說。

我：「他是誰？」

她：「那個定好了和我度過一生的人，只屬於我的人，而我也只屬於他。」

我：「妳的意思是，妳現在還沒有碰到讓妳心動的男人，是吧？」

她：「我碰過很多優秀的男人，讓我心動的男人也有過，但是他們都不屬於我，那不是和我緣定此生的另一半。」

我：「連讓妳心動的男人都不屬於妳，那妳怎麼知道妳的另一半是誰呢？」

她：「如果我見到他了，自然就會有感覺的。就像你走在路上，突然碰到一個人，覺得他很面熟，但是你又想不起來他到底是誰、在哪裡見過他一樣。」

我：「可萬一妳這一生也見不到他呢，難道妳就一直這麼等下去嗎？」

她笑了，就像是一朵緩緩綻放的海棠花：「不，總有一天，我會遇到他的。在遇到他之前，我會一直等他。」

我：「這樣的說法，最開始是誰告訴妳的呢？是妳母親嗎？」

她：「是的。但是我母親起初也是我的外祖母告知的。我們都相信一點。我外祖母最後找到了她等待了很多年的對象，我母親也等到了，她們一輩子都得到了幸福。所以，我想我也能等到他。」

我：「可是就算妳能等到妳說的那個男人，也許也需要很多年，也許妳要等五十年、六十年、七十年甚至八十年，說不定直到妳死的那一天他才會出現。難道妳一生幾十年就為了那麼短暫的一刻相逢？」

她：「是啊，仔細想想，那是很讓人悲傷。但是想到和他見面的那一天會有的幸福感，我想就算真的等了那麼久，也是值得的吧。幸福和等待，是成正比的。」

我：「可是妳的弟弟，還有妳的其他親人也替妳著急不是嗎？他們這麼關心妳，妳也得考慮一下他們的心情吧？也許主動去相親試試是個不錯的選擇。」

她笑了，笑得很溫雅：「不了，一切皆是命中註定的緣分，真正的有緣人，就算我足不出戶，只是等在家裡，也終究會找到我的，這就是緣分。這個世界上，太多太多的人都太心急了，他們都還沒有等到真正和自己命中註定的另一半，就匆匆決定了伴侶，到頭來也只是姻緣不合，或是移情別戀，或是琴瑟不和，最後落個勞燕分飛的結局吧。相親愈多，傷的人也愈多，我不去相親，也是因為不想傷到更多的人。」

我：「那妳見過有人找到命中註定的情人了嗎？」

她靜靜地笑著，抿了一口清茶：「除了我的外祖母和我的母親，我就沒有再見到過。也許只是因為我沒有見識更多的人情世故吧。我母親很早就對我說，上蒼在把我們帶到這個世上的時候，就已經給我們安排了命中註定的另一半，只要我們肯等，就終究能夠等到那個只屬於我們的人，得到他，我們就能得到無上的幸福，也因此不枉此生。這關鍵呢，就是要有耐心。大多數的人都在中途堅持不住放棄了，就將就著找了一個湊合著，那樣他們下半生都很難得到幸福的。」

看到我一副完全不信的神情，她又笑了：「其實，我已經見過他一次。」

我：「妳見過？」

她：「嗯。那是去普陀山的時候，上山路的時候，我向下瞭望，在人海之中，遠遠地看見了一個人，雖然我只看到了他的背影，但是那時候我就知道了，他就是我一直在等的那個人。可惜我們離得太遠太遠了，後來任我怎麼回頭去找，都再也沒能找到他，他已經淹沒在人海中了。」

我：「那可真是遺憾了，如果那時候妳找到了他，也許你們那時候就已經在一起了。」

她笑著說：「沒關係，只要緣分還在，我們一定會在一起的。小時候，我母親帶著我去白雲觀看過一位算命先生，他是　輪迴道行高深的老道士，很受人敬仰，也從來就沒有算錯過，他親口對我說了，我終有一天會等到我的意中人的。」

我：「也許妳可以找找那位大師再讓他給妳算算。」

她：「那是不可能了，那位大師已仙逝多年。但是他算準了我父母因事故過世的年月，所以我相信他的話是不會錯的。我會繼續等下去，直到他出現。就像我的外祖母、我的母親一樣，雖然她們的一生並不長，但是她們都得到了幸福。」

我：「就算為此付出了一生的時間，妳也不後悔嗎？」

她：「不後悔。」

我本想用男女人口性別不對稱的理論來說服她，對她進行心理輔導，但是思索之後，我還是放棄了。我不想因為科學理論的機械式嚴謹而破壞了一個女人內心的浪漫與夢幻。

我告訴她弟弟，她並沒有精神問題，這只是她選擇的人生方式，總有一天，她會想通的，不必著急。

離開的時候，她很感謝我和她的談話，她把親手做的紫砂壺給我作紀念：「幸福和等待是成正比的。你現在陪在你身邊的人，真的是你這一生真正尋找的那個人嗎？祝願你終有一天能找到你真正的幸福。」

五年以後，我得知了她結婚的消息，我打電話給她的弟弟，祝賀他們，順便詢問她是不是真的找到了她的意中人。

可是她的弟弟卻給了我失望的答案。

「沒有，她到最後也沒有等到她等的那個人。她一直都不肯結婚，可是她都過了五十歲了，再熬下去，連孩子也生不了。實在沒辦法，我們帶她去了終南山，找到了一位叫虛雲的高僧，那位高僧告訴她說，她等的那個人早已經先她一步去了，讓她不必再等了，來世如果有緣，他們還會再相見的。就是這樣，最後她才勉強答應了與人相親。」

我又問他，她對新郎滿意嗎？

她弟弟說，滿意是滿意，但是訂婚之後我就沒有再見她笑過。

掛斷電話後，我愕然，心中空空落落，有一種說不出的滋味。

那晚，我看著壁架上那只依舊精美的紫砂壺，聽著窗外撲打木葉的雨聲，心中不由想起了《中華聖賢經》中所言：「百世修來同船渡，千世修來共枕眠。得成比目何辭死，願作鴛鴦不羨仙。」

也許，對她來說，嫁為人妻的喜悅，也遠遠不如她在等待歲月中獲得的那些悲傷吧。

「宇宙能」

他自稱是一名氣功大師，自己創建了一套能夠開發人體「宇宙能」的氣功體系。在他的學徒中，有一些還是慕名而來的演藝界明星。但是後來他因為涉嫌詐騙罪而被拘捕，後來經過檢測，確定他患有妄想型精神分裂症。

他：「哈哈哈，我沒病，我可是好得很，您看我哪裡有病？胡說八道！」

我：「師父，我可沒說您有病。」

他：「那你怎麼把我帶到這個地方來？這裡不是神經病待的地方嗎？」

我：「不是神經病，是精神病……而且不是我把您帶到這兒來的，是您的那些徒弟送您來的，您忘了嗎？」我沒想解釋神經病和精神病的區別，因為這位氣功大師非常頑固，看得出他是那種一旦認準了理就不會聽別人解釋的人，對於這種人，我必須盡量配合他，讓他靜下心來。

等他安靜下來了一些，我循序漸進地說：「聽說大師您身懷絕技，能隔空打物是吧？我很好奇，不知道能不能示範一下？」

他：「你是不相信我了？既然不相信，那我示範給你做什麼？」

我：「呵呵，算我說錯話了。不過我想，外面傳得這麼神乎其神，大師您總是有點門道的。聽說只要跟您學，就能領悟宇宙能，成為超人？這宇宙能，到底是個什麼東西？」

他：「你現在靠的是什麼在跟我說話的？」

我：「嘴唄。」

他：「那你嘴巴怎麼能動？」

我：「這個說起來就複雜了，要簡單點說就是吃了飯，人體消化了食物裡的能量，化學能轉化為動能嘛。」

他：「這些常識小孩子都懂，你當我是文盲嗎？我問你食物的能量哪裡來？你肯定會說是從太陽上來吧？那太陽的能量又從哪裡來？我知道是星雲演化來的。但是星雲聚合的能量又從哪裡來？不管你怎麼推下去，總有一個最開始給予其他東西能量的存在吧？那個最初的存在，就是宇宙所有物質能量的來源，那就是宇宙能。」

我想起了牛頓的第一推動力理論。不過因為我接觸過量子力學教授，也瞭解過一些比較前沿的宇宙學說，所以我多少瞭解宇宙暴脹理論，沒有被他帶進去。

我笑著說：「那按照您的說法，宇宙能又從哪裡來呢？」

他笑起來：「宇宙能當然是從別的宇宙傳過來的。」

我：「別的宇宙？您說的是多重宇宙理論嗎？」

他：「我當然知道多重宇宙理論，但是我說的比那個理論還要更深，更廣，更大。」

「能具體說說嗎？我很感興趣。」我漸漸感覺他還是有一點雜學功底的，也許他真的有一套嚴密的理論體系。

他：「要說清楚這個理論，首先你要有個概念，無窮大等於無窮小。小到極處便是大，大到極處便是小。無窮大與無窮小，不過是因為觀察角度不同而造就的錯覺罷了。那是心障，是心魔。如果不能破這層觀念，你就看不到宇宙真正的模樣。」

我：「無窮大怎麼會等於無窮小呢？」

他：「我細細問你。你的身體是什麼組成的？是細胞。細胞又是什麼組成的？是分子。分子又是什麼組成的？是原子，原子下面還有更小的原子核、質子、夸克等，一直分下去總會有一個最小的點吧？那個點就是小的極限，一旦破了那個點，就能夠進入一個新的宇宙。」

我：「這個說法我好像聽說過。而且不少人都有這樣的想法吧，畢竟那麼小的地方，也是超過目前人類探索極限的領域了。」

他：「你那只是猜想，我這是真理。宇宙本來就是這樣，小大循環，生生不息。還不單單是這樣。反過來想，既然組成我們身體的每一個最小粒子裡面都是一個宇宙，那麼我們的身體本身也是形形色色的宇宙的堆積物。只要我們能夠破開其中一個小小粒子，就能夠從別的宇宙之中抽取出無窮無盡的能量。那可真的是取之不盡、用之不竭，還愁什麼能源危機！」

我：「可是大師您有什麼辦法嗎？」

他：「只要跟我學氣功冥坐，調養體內的真氣，日進一功，就能夠源源不斷地從體內開發出宇宙能來。到時候，區區凡人的軀體又算得了什麼？有了無窮無盡的宇宙能量，你就是這世間的神佛，主宰一切，在宇宙中任意逍遙，心想事成，百事順心。」

「那大師您現在是否已經修煉有成？」作為一名醫學者，我對於他的話自然不可能聽信半分，但是為了瞭解他的病根，剖析出他的思維誤區，我就不得不持續地和他對話，才能夠對他的病情全面瞭解。

他：「我當然已經是修煉到家了，要不我怎麼會收徒呢？你當我是騙子啊？我現在真要全力發功，別說是你這醫院，就算是整個宇宙，也會被我爆開，那時候我就會逃到外面去，而你們就會化為灰燼。」

說著，他突然一拍桌子，站起身來，然後兩手交托在腹部，嘴巴緊閉，臉部腫脹，脹成了紅色，鼻尖嗤嗤地出氣，一副就要發動的姿態。

他：「不行，說多了，氣有點紊亂，要爆了……要爆了……快讓我去陰涼地調養調養……」

我感覺他的精神狀況已經出現了一些異常，於是我主動中斷了和他的對話，讓他適當休息。

他的病症類似於歇斯底里症的鬼神附體，這種患者常見於農村，一些農村的婦女老人就會有用病死的親戚或者鄰居說話的情況，這是一種自我意識障礙的表現。

等精神恢復了一些，他主動找到了我：「昨天我調養了一夜，收穫不少。我感覺我的功力又有所精進了。昨晚我第一次去我們的宇宙之外周遊了一周，看到了外面的景象，真是讓我大大吃驚。」

我：「昨天晚上你一直都在你的房間裡，沒有出過門半步。我們的監護人員都看著呢。」

他：「不是，我的身體是在你們這裡，你們能看到我，但是我神遊天外了啊。你知道宇宙外面是什麼景象嗎？那可真是廣大無邊，不可言說。我們的這個宇宙，其實也不過是一頭巨獸身上的一個粒子罷了，我們的宇宙周邊，還有大大小小，星辰一樣繁多的宇宙，跟我們的宇宙挨著，或是遠，或是近，就像肥皂泡泡似的飄在一邊。這些宇宙泡泡，挨個堆積起來，就變成了一頭通天怪獸。那怪獸大到無法形容，身似蜈蚣，有無數觸角細毛、肢節、眼睛。單單是一根細毛，就有數以萬億計的宇宙堆積而成，那大尾擺動起來，瞬息間就能掃滅萬千宇宙，看得我心頭大怵。」

我：「然後你就醒來了？」

他：「哪有那麼快。我又去了更高更遠的地方看宇宙外面的景象。才知道宇宙之外是一片更大的宇宙，那一片宇宙就好似汪洋大海，裡面有著各色各樣的奇妙生物。我剛才說給你聽的蜈蚣，僅僅是其中的九牛一毛罷了。但更可怕的是，那宇宙之海外，還有更大的大宇宙，那大宇宙外，還有更更大的超大宇宙……我方才明白，原來宇宙的數量是比無窮還要大的無窮，宇宙的本相更是一層宇宙套著一層宇宙的結構，可以永遠往上升，無窮無盡。佛家的三千大世界，終究也還是太小了。我知道我便是化為灰燼，也望不到那宇宙的盡頭，感歎自己渺小之際，就無奈捍了回來。」

在那之後這位氣功大師就像是變了個人似的，原本焦躁狂傲的他突然變得頹喪沉默，唉聲歎氣，搖頭晃腦，像是受到了極大的打擊一般，就連他所謂的宇宙能，也失去了開發的興趣。

我問他這是為何，他苦著臉說：「宇宙之外，那是永無盡頭的無量宇宙，無窮大又無窮多，無窮多又無窮廣。宇宙如此之大，就算我開挖了宇宙能，爆開了宇宙又能如何？終究不過是滄海一粟罷了。」

這位大師接受了藥物治療，在治療期間，他開始研究起了佛經。有一次，他送了我一本《無量壽經》，工作閒暇之餘，我也會偶爾翻翻，只當是打發時間。一次，我偶然翻書，看到了一句話，讓我唏嘘不已：

「十方世界，無量無邊不可思議諸佛如來，莫不稱歎。」

一百封遺書

如果一個人在死亡到來之前就只想著死亡，沒有了生存的欲望，那麼這個人，活著和死去又有什麼區別？

當然，從生物學的角度來說，他還是活著的，他還有呼吸，有心跳，還有血液循環，還存在著腦波，也有新陳代謝，但是從思想的角度來說，他已經可以評定為一個死人，他不會再為自己的生存掙扎，也不會再為社會創造價值財富——如果從功利主義的角度將生存定義為創造價值的話，那麼這個人就已經是一個死人了。

這名患者就是這樣一個人，他整天都沉浸於對死亡的思考，除此之外，他什麼也不做，不出門工作，不說話，甚至都已經不再進食，如果不是他的家屬強迫他進食，或許他已經死了。

我第一次見到他時，他沒有搭理我，只是像個木偶人一樣坐著，不說話，不做事，就是那麼趴著，沒有任何的精神。

聽他父親講述，他從小就性格內向，現在更是有著自閉症，讓他們一家操壞了心。

我嘗試著和他搭話，但沒有成功。這種情況在我們這一行是非常常見的事，有的患者甚至可以三、四個月不說一句話，讓你抓狂。

住院期間，除了吃喝拉撒，他不做別的事，每天或者就是像個植物人一樣躺著睡覺，或者就是執筆寫信。

我第一次看到他寫信時，還萬分好奇，看了後頗為驚訝，因為他寫的東西不是別的，居然是遺書。

因為擔心他有自殺傾向，在幾個月裡，他是醫院的重點關照對象。

三個多月的時間，他幾乎每天都會寫一封遺書。三個多月後，他的遺書數量已經近百。

第四個月，透過藥物治療和心理上的誘導，他終於能夠說一些話了。

我：「你為什麼寫那些（遺書）？」

他：「現在不寫，難道要等我歸西後再寫？」

我：「我們已經給你做過全身檢查了，你的身體非常健康，沒什麼毛病，而且你這人年紀輕輕的，才二十八歲，怎麼整天都想著死呢？跟我說說吧，你是不是遇到了什麼不順心的事？」

但是他的回答卻是出乎我的預料：「我沒想著死。我早就已經死了。」

我忍不住笑開了嘴：「我從醫這麼多年，還從來沒有看過死人能開口說話的。」

他：「我是死了，人死之前腦海裡會重播一生的記憶，時間也會變得很慢。你只是我死前的一段記憶而已。我現在活在我的記憶裡。」

我：「你已經死了？你是怎麼死的？」

他：「我不知道我怎麼死的。但是我就是死了，這是肯定的。」

我：「你是說你現在活在你死之前的記憶之中，是嗎？那你應該知道將來會發生什麼吧？」

他：「記憶也是按時間播放的，在過去的記憶裡的我，不知道以後的記憶會怎麼樣，我得把這段記憶看完，才能恢復記憶。」

我：「按照你的意思，現在的我也只是你的一段記憶？那既然是你的記憶，你難道就不能快轉嗎？」

他：「快轉只是對記憶結束後的我來說。對記憶裡的我來說，我還是要實實在在地度過每一秒。」

我：「那就沒有辦法結束這段記憶嗎？」

他：「記憶重播不是我能控制的，等記憶播放完，我就會死。在那之前，我只能看著。」

我：「那你有過記憶中斷的現象嗎？或者說記憶跳躍，有時候你正在做這件事，一恍神就發現自己在做另外一件事了？」

他：「沒有，什麼事我都記得很清楚。死之前大腦裡所有的潛意識都會挖出來，不會有模糊的記憶的。」

我：「好吧，你的記憶足夠清晰……我看過你寫的遺書，每一封遺書中，你都寫到了一種你可能會導致的死法，這是為什麼？」

說著，我從他的遺書之中拿出了五封，擺在了他的面前。這五封遺書的內容有長有短，字數不一，但是大致意思都相同，都是他擔心自己在某天會遭遇某種不測，所以就先把自己的遺言交代了。和一般有著自殺傾向的心理疾病或者精神疾病患者不同的是，他的遺書內容邏輯清晰，思維嚴謹，從字跡和表達的語句都可以看出他的內心非常的冷靜，他已經非常坦然地接受了自己已經死亡的「事實」。

第一封遺書中，他是這麼寫的：

「爸，媽，姊，表弟，堂姊，大伯，二伯，大叔，二叔，三叔，當你們看到這封遺書的時候，我肯定已經死了。我可能是被車撞死的，某天我走在我自己熟悉的街道上時十字路口衝出一輛不遵守交通規則的轎車把我當場撞死。或者，我開著我自己的車時，煞車失靈碰到了意外，又或者和別人追撞，結果遇難。也有可能是我攔計程車時死在了公路上，也有可能是我去外地旅遊、工作的時候發生了連環車禍。我可能是車禍當場就死了，也可能是流了很多血，搶救之後過了幾天死了，但是我可能已經不能說話交代遺言了，所以我先寫了這封遺書，表達對你們的感想和愧疚之情。等我死後，請把我家裡的那些衣服都燒了吧，我這些年的存款在床頭第二個抽屜下面，我的錢全部交給我媽媽保管，請你們不要為我操心，我在天國過得很好。」

這是一封比較有代表性的遺書，也是他寫的第一封遺書，他之所以先寫這封遺書，原因是他說車禍是目前致死機率最高的事故，如果是疾病什麼的，再怎麼嚴重，他都應該還是有時間交代遺言的，但如果是突然發生的車禍，他就沒有時間交代遺言了，所以要提前寫好遺書。

還有一封遺書，內容是這樣的：

「我的妻子，雖然我現在還不知道妳是誰，但是我想告訴妳，我很愛妳。也許我跟妳有了一個兒子，也許有了一個女兒，又或許有了兩個兒子，兩個女兒，又或者是一男一女……（這裡他最多列舉到了三個孩子的九種可能）當妳看到這些話的時候，我肯定已經死了。我可能是下樓梯的時候滑倒，撞破了額頭死的；可能是出門的時候腦血栓發作死的；可能是被路邊的花瓶砸到頭死的；可能是洗澡的時候腳下打滑摔死的；可能是路上踩到香蕉皮摔死的……如果我在我們的孩子長大之前就死了，請把我的遺囑按照這封遺書的內容來執行。因為我們的孩子還沒長大，我就把我的遺產全都交給妳，由妳來安排分配。我把我的書和玩具都留給我們的孩子，如果他們不喜歡，書可以留下來，玩具就丟了吧。我的爸爸媽媽，如果他們還在，麻煩妳幫忙照顧一下；如果他們不在了，希望妳能照顧好我們的孩子，撫養他們成人……」

一百多封遺書，幾乎羅列了他所有可能的死亡原因和死後的情況，包括他父母已故、妻子還在的情況，或者妻子已死、子女還在的情況，或者無妻無後、父母依在的情況，遺書裡提到的人包括了他目前還沒有的妻子，以及他的父母、子女、姊、表弟、堂姊、大伯、二伯、大叔、二叔、三叔、姑姑、姨媽、朋友等二十多個人，他根據他不同的死因和死後可能有的不同情況交代好了遺言，內容之詳細簡直讓人歎為觀止。

而他所提到的死法，也是有一個機率大小的順序的，比如說車禍、摔倒撞到頭、火災、觸電之類的意外情況就寫得比較早，而其他相對發生率較低的意外就寫得比較靠後，但是總的來說，他的死因起碼不下千種，我沒有全都看過，只是粗略地做了一下統計，就發現他在遺書裡寫到的死因簡直是包羅萬象：

瓦斯中毒而死、食物中毒而死、腦溢血而死、見義勇為而死、路上遇到強盜劫匪被殺死、和別人起爭執打架鬥毆而死、被人害死、破傷風而死、各種癌症亡、憂鬱症而死、餓死、被動物咬死、爬山墜落而死、掉進坑洞摔死、電梯墜落而死、淹死、凍死、在車裡悶死、不明不白地死……

我是見過不少有被害妄想症的患者，就像之前那位提出災難機率波的患者，他也是提心吊膽、杞人憂天，害怕周圍有導致他意外死亡的因素，但是就算是他也沒有這麼詳細地提到這麼多的死法。他恐懼死亡，而這名患者的心情卻平靜得可怕，他早已經認定了自己已經死亡的事實，他相信自己現在所經歷的一切都只是他死之前腦海裡的記憶重現，只是他不知道死因，所以他用他剩下的人生準備迎接死亡。

有些人活在死亡的陰影中，而這名患者卻活在生存的牢籠中。這種情況，我也是第一次碰到。

比起一般的憂鬱症或者妄想症患者的腦波，他的腦波出奇地平穩，這種情況簡直反常，藥物治療和電擊治療的方式效果也並不明顯，直到兩年後的今天他依然住在醫院裡，寡言少語。當然，比起最初進醫院的時候，他的病情稍微有點緩解，至少願意到戶外去走動了，但是不管多少次和他談話，他都依然堅信自己活在死亡瞬間的記憶中。

和他的父親聊過後，我多少瞭解到，這名患者的極度內向性格具有遺傳上的因素，這樣的病症，是很難從根本上治療的。

不管是哪家精神病院，總會有那麼一小部分難以完全治療的精神病患者，那些患者，代表的是目前醫學的極限和未來醫學的發展方向，他就是這麼一個活生生的例子。

不論是他，還是我，還是其他任何人，對於自己到底是死，還是活，都是一個無法判斷的命題。一秒前的我們，活在這一瞬間的我們的記憶中，而對於未來的我們來說，我們也只是活在未來的他們的記憶之中。那麼，對於死亡降臨的那一瞬間的我們來說，現在的我們，是否都不過是記憶中的人物呢？

也許奧里利烏斯說的那句話，才是能夠慰藉我們生死觀的安慰劑吧：「人不應當害怕死亡，他所應害怕的，是從未真正地活過。」

阿Q的境界

他是個阿Q式的人。

他的脾氣特別好，任勞任怨，任打任罵還會笑臉相迎，但這並不是說他的精神完全異常，他能夠做到這一步，完全是因為兩個因素：一是由於他的身體病變侵犯了傳導痛覺的神經，他對疼痛的反應非常遲鈍，也就是說他雖然有痛覺，但很輕微。第二是由於他過分強大的聯想能力，他是一個可以活在想像中的人，有時候他甚至無法區分真實世界和想像世界。

他：「嘿嘿，嘿嘿嘿。」

我：「你在笑什麼？這麼開心，該不會我的臉很好笑吧？」

他：「對不起，我現在突然想到了一個笑話……哈哈哈……沒有笑你的意思，對不起……」然後他繼續笑得前仰後合。

這種情況已經不是第一次了，根據他的親屬的描述，他跟別人說話的時候經常容易脫節，聊著聊著就會自顧自地笑或者哭起來，那是他想到了別的事，進入自己的想像世界裡去了。

我只得等他笑到自然停後才繼續和他對話：「你剛才想到什麼好笑的笑話了？」

他：「一對情侶被野人抓了，野人說：『你們誰能吃掉另一個人的大便，就放了誰。』那對情侶都做到了，野人就放了他們。在回來的路上，女人卻哭起來，男人問她為什麼哭，女人生氣說：『你不愛我，不然你不會拉那麼多！』哈哈，很好笑吧？」說完，他又哈哈大笑起來。

我：「……」

他：「我看你沒笑，不好笑是嗎？那是你想像力不夠豐富，要是你能想像出那樣的場景，肯定很好笑。」

我：「你的想像力很豐富嗎？」

他：「豐富不豐富我不好說，但是不管我要什麼，我只要腦子一想，就可以有。比方說現在，你在我的眼裡就是個穿著花裙子的姑娘，頭髮長長的，眼睛水靈靈的，真漂亮啊，啊哈哈。」

我終於忍不住笑起來：「這麼說，你還是分得清什麼東西是自己想出來的，什麼東西是真的？」

他：「那得分情況。我的想像分為兩種，一種是主動去想，一種是不自覺地想；前一種我自己還是能分得清一些的，但是後一種有時候我自己就分不清了，不過都挺好玩的。」

我：「好玩？難道不會給你造成困擾，妨礙你生活嗎？」

他：「困擾肯定是有的，但是慢慢就習慣了，我的接受能力很強，什麼事對我來說都沒什麼好怕的。而且我現在已經能夠控制我的這種能力了，用得好的話真是方便啊。」看到他臉上的表情變得陶醉起來，眼神也迷離了，我知道他肯定又在想一些東西了。

我：「看你的表情，你又在想什麼了？」

他：「說出來你大概會羨慕死，我讓你這門診室裡來了三個女人，其中兩個現在正在給我揉腿按摩呢！還有一個女人嘛，正坐在我的腿上，真舒服啊……」

我：「她們的樣子很清晰嗎？」

他：「那得看我費多少力氣去想了，稍微費一點腦子，她們就清晰點，如果想得隨便一點，她們就不是很清楚。不過我還是能夠感覺到她們、摸到她們，還能跟她們說話，跟真人一模一樣。而且我想讓她們做什麼，她們就會做什麼，比老婆還要聽話，哈哈哈！」

我：「難怪我看你這個人這麼樂觀，一點脾氣都沒有。」

他：「哈哈！有什麼好發脾氣的，我這個人一直就是這樣，別人說什麼都沒關係，打我也沒關係，反正又不痛不癢的。」

我：「你被人打過嗎？」

他：「有啊，我在維修公司幹事的，我那工頭脾氣差得很，經常打我，不過那沒關係，我稍微想一下，就可以在另外一個一模一樣的世界裡把他打得死去活來，讓他對我跪地求饒，叫爹都行。」

我：「你是說，你在事業上碰到不順心的事，就在想出來的世界裡發洩？」

他：「嘿嘿，對你們來說那是想出來的世界，但是對我來說那跟真的世界完全一樣，看上去、摸上去、聞起來都一樣，根本分不出什麼差別。上次我被那工頭給當眾搧了耳光，痛倒是不痛，就是當著別人的面有點難看，所以我就在我自己的世界裡用斧頭把他的手腳都砍了，順便把他給挖腸破肚。看他痛得嗷嗷叫，在地上打滾的樣子真是痛快啊！等折磨死他後，我又把他給重新復活了，然後又用別的方法把他給殺死，來來回回總共殺了十來遍解恨，氣一下子就消了。」

我：「你經常用你這種想像的能力發洩嗎？」

他：「你要說發洩的話，也不太對。不過有時候我會用我的這種能力來做一些好玩的事。」

我：「比如？」

他：「比如我可以在自己的世界裡開戰鬥機去轟炸隨便哪個國家。我還可以隨便投放原子彈，把一座城市輕而易舉地就炸成一片平地，看著那個世界的房屋全都倒塌，變成玻璃一樣的東西，然後我稍微想像一下，就能夠立馬復原，哈哈，太有趣了。我也可以隨便改變我的身分，我可以變成世界大總統，可以變成世界首富，也可以變成太空員飛上太空，可以跟我喜歡的任何女人結婚，三妻四妾都可以。或者回到古代去當皇帝也沒問題，反正我什麼都可以做到，在我的世界裡，我就是上帝，是不會死的，隨便哪個人都要順從我，而且我不需要遭到什麼報應。」

我：「你的這種能力會影響你的生活嗎？難道你不想治好你的這種病？」

他：「你把這叫病？我可不這麼覺得，我想我肯定是代表了人類進化的方向。你想想看，人類能夠創造出那麼多發明，創建這麼輝煌的文明，靠的不就是想像力嗎？而且現在的人想像力愈來愈豐富了，各種文化產品就是最好的證據。這說明人類的進化方向就是想像力愈來愈豐富，我只是進化得比別人快了一點兒，邁的步伐太大了。不過要說影響我的生活的話，也就只有那種不自覺的想像才會影響我的生活吧。」

我：「不自覺的想像是怎麼影響你的生活的？」

他：「這個要說的話，情況可就多了。有一次，我走出我的公司，發現外面居然是一片大草原，還有很多恐龍……我多激動啊，還以為自己穿越了！我走著走著就看到一隻始祖鳥一樣的動物，我就拿石頭砸了牠的腦袋，結果牠就開始追我，我跑啊跑啊跑，一回頭，發現那原來是一輛摩托車，那車主罵我神經病。那時我才知道我是產生了不自覺的想像，我還向那車主賠了不是。嘿嘿，不過他轉身一走，又變成始祖鳥了，簡直不能再好玩了！」

我：「但是你這種情況終歸還是嚴重影響了你的生活吧，難道你不想治好？」

他：「要是可以的話，你能只治好我不自覺想像的情況，然後留下我主動想像的能力嗎？要是做不到的話，我倒是不想治了，就這樣也挺好的，要不是我家裡人拉我，我真不想來。」

我：「我覺得你還是不要太想當然，你這種情況有可能是前額葉出現了病變，最好趕緊去做檢查。」

他做了腦電圖檢查，檢查結果顯示他的前額葉很正常，倒是海馬迴附近長了一個小小的瘤塊，擠壓了他的想像和記憶區域，導致他的想像能力出現了異常。後來他做了手術，順利出院，但從那以後，他反而變得抑鬱了。

我問他怎麼了，他告訴我，手術後他感覺自己再也快樂不起來了，原本能夠透過想像一個虛幻的世界來緩解自己的生活壓力，但是手術後他已經能夠很清楚分清虛假和現實了。

他說，這個世界太殘酷，他寧可活在虛幻的世界裡，做自己世界的皇帝。

我笑著說：「那也總比你的大腦病情繼續惡化下去要好，按照你的病情，要是再持續一段時間，恐怕就算做手術也來不及保住你這條命了。」

他苦笑著說：「比起接下來的半輩子要活在那麼漫長的痛苦現實裡，我寧可在自己的世界裡享受各種短暫的樂趣，就算最後會死也無所謂。」

聽到他的回答，我多少還是感到驚訝的。但是稍微一想，我感覺自己很能夠理解他。這就跟癌症患者的家屬不會告訴癌症患者真相，好讓癌症患者能夠盡量享受快樂時光是一個道理。

有時候，比起殘酷的現實，我們更願意活在自己虛設的快樂世界裡，哪怕那種快樂，只是一個我們用來欺騙自己的謊言，我們也會無怨無悔。

一瞬，即永恆。

人類是文字，我是書蟲

她：「如果我會預言，然後告訴這裡的一個人，他明天出門時，會被掉下來的花盆打破頭的話……」

我：「那麼那個人明天肯定就不會出門了。」

她微笑起來：「是啊。但是，花盆一樣會掉下來，一樣會砸中他的腦袋。」

她眨了眨眼睛：「別以為命運可以輕易地被改變。」

她是我見過最漂亮的女人之一。她的太姥姥、姥姥和母親都是京城比較出名的通靈師，也就是所謂的狐仙附體的女子，都能預吉凶。她年紀輕輕，據說就給不少名人算過命，下過咒。

從醫學者的角度來說，我當然不相信她的說詞，我接觸過不少患有精神疾病的師父，大概瞭解占卜利用的就是心理暗示和心理誘導，不少催眠師能做得更絕。

有一段時間，我曾經研究過看相算命這回事，還特地和一名老先生接觸過，我讓他算算我朋友母親身體能否康復出院。他問我：「他母親的床是不是靠前的？」我說不是，床位離門比較遠，是靠窗，他就說他說的「靠前」是指靠醫院出口大門，不是指病房大門。

事實上，語言指向的模糊性就是最好的糊弄人方式，像「前後左右」這一類的字，都需要一個參照物的，他只給出一個字，然後當你否定的時候他隨便修改一下參照，他就永遠是對的。

這名女患者患有精神分裂症，還間歇性失憶。

根據她親屬的描述，她有時候會莫名其妙地自言自語，用手勢跟空氣交流。她會突然忘記一些明明才剛發生過的事，會突然跟早已經死去的人交談，有時候會表現出非常幼稚的行為，有時候又會變得非常的成熟，有時候甚至會說起古文乃至根本聽不懂的語言。總而言之，她像被鬼魂附體了一樣性格大變，最頻繁的時候一天就會變幾十種性格。

她：「我發現你真的是一個相當有趣的人，你明明是一名醫生，你有一套你自己的信仰和世界觀，但是你還是喜歡深入瞭解我們這些跟你信仰完全不同的人的想法。」

我：「我的確是個好奇心旺盛的人，說起來，我並不覺得你們的一些想法就是錯的。做這一行這麼多年了，我已經發現了一件事，那就是很多被稱作精神病的人，壓根兒就沒有什麼病，他們之中有不少甚至還有天才級的想法，他們缺少的只是一次實踐，或者一次讓社會知曉的機會。哥白尼提出日心說的時候多少人把他當成瘋子？但是人家還是被歷史給當成了偉人不是嗎？」

她：「沒錯，你給我的感覺更像是一座橋梁，連接著不同世界的人。那個世界是平凡人，他們就安安穩穩過著自己的俗世生活，五穀雜糧，柴米油鹽，最後老來眼睛一閉，一輩子也就過去了。他們不需要認識這個世界的真相，因為那對他們過日子並不是必要的。但是這個世界的人，卻是從不同的角度認識到了這個世界的真相，那些真相可能比死亡還要可怕。或許他們每個人都只認識到了一部分，如果把他們看到的拼湊起來，肯定可以拼湊出一幅關於世界真實面貌的宏偉圖景。」

我：「妳說得挺有道理的，我覺得妳的思維很清晰，他們說妳經常說胡話，是真的嗎？」

她：「如果你從那些平凡人的角度來看，我肯定和他們，還有你是不太一樣的，我自己也很清楚呢。不過從我自己的角度來看，那肯定是沒有問題的。我的太姥姥、姥姥，還有我媽媽都有跟我一樣的天賦，這是一種遺傳，不是什麼病。我們這個家族一代代傳下來，都是這樣的。我跟其他人活在不同的世界裡，你是兩個世界的引渡人，你想把我引渡到那些平凡人的世界裡，但你要知道那是竹籃打水一場空的活，因為雪蓮只能長在雪山上，你定要移植到草原裡，它就會死。就算勉強活下來，也會失去靈氣。」

我：「妳說話真有文采，妳的語言功底很棒。」

她：「謝謝，我從小就看古文詩詞，因為我要繼承我媽媽的事業。」

我：「這麼說，那些人說妳自言自語的時候，妳其實頭腦很清楚嗎？」

她：「那個時候頭腦是有點昏了，但我那不是自言自語，而是我弄錯了時間。」

我：「弄錯了時間？」

她：「是啊。我和別人活在不一樣的時間裡，雖然我看起來和普通人長得一樣，但其實我是一種更高級的生命。」

我：「不一樣的時間？」

她：「這個你肯定很難懂的。」

我：「每個到我這裡的人來說明他自己的想法時，基本上都會說我很難懂，不過我想我的理解力還是可以的。」

她：「嗯，好吧。但是你要理解我，就必須先拋棄你原來的時間觀念。對於你和其他人來說，時間是連續的、清晰的，但是對我來說，時間是破碎的，大多數時候連邏輯性也沒有。」

我：「怎麼說？」

她：「你知道這個世界的真正樣貌嗎？這個世界的真正樣貌，其實是一本書。這本書的頁碼，就是時間。頁碼往後翻，就是時間在前進；往前翻，就是時間在倒退。書裡的人物是沒有辦法提前知道接下來自己會遭遇什麼、會碰到什麼的，他們只能夠按照頁碼，一頁一頁地走下去，所以他們的記憶、思想都像書頁那樣連貫。」

我：「所以妳是說，妳的書是一個比較特別的人物，就像先知一樣，能夠不按著書的頁碼走，是嗎？」

她：「不是書裡的人物，我是一條書蟲。」

我：「書蟲？」

她：「嗯。書蟲可以在書裡鑽來鑽去，有的時候可以鑽到書的末尾，有的時候可以鑽到書的最開端。也有的時候，可以和書裡的人物同行。你就是書裡的人物，現在我能夠和你正常交流，是因為你我的時間是同步的。但是也許過一會兒，我就會回到我小的時候，和我已經過世的姥姥說話，然後再過一會兒又會回來。」

我：「這麼說，妳也知道將來要發生的事？」

她：「當然知道。但是知道些什麼，那不是我自己能夠控制的，有時候我會到幾十年後，看到那時候的世界，也有的時候，我會到幾百年前——」

我：「幾百年前？可妳現在也才二十多歲吧。」

她：「二十二歲——那是我的前世，也是我太姥姥的前世。我和我的太姥姥是同一個人，我們家族一直都是四個人在不斷地輪迴。我以前去過崇禎年間，見過當時鎮守錦州城的祖大壽。」

我：「呃……妳說你跟妳太姥姥是同一個人？」

她：「是的，我就是過去的她。我的媽媽、我的姥姥、我的太姥姥還有我，我們家族就是四個人在輪換了。很不可思議吧？但是我確實知道我太姥姥小時候的模樣，因為我以前回到過去五次，都是以我太姥姥的身分。」

我：「妳說妳去過未來，那個世界是怎麼樣的？」

她：「給我印象最深的是那個世界的語言，因為我去了那裡之後，一開始聽不懂那個時代的人說的話，未來的人創造了很多他們專用的詞彙，就像現在流行的網路用語一樣，等我慢慢瞭解了那個時代的文化後，我才能聽懂他們的話。」

我：「那個時代的文字也不一樣嗎？」

她：「很不一樣，我去過三十六年後的未來，那個時代的人已經不怎麼用漢字了，而是用像是拼音和英文混合的　種世界語。我想那是為了方便和外國人交流。」

我：「那個時代是怎麼樣的？能描述一些妳看到的景象嗎？」

她：「我只待了兩天，所以看到的不多。但是那個時代的人給我感覺很幼稚，很多人都有小孩子脾氣。而且到處都是遊戲。」

我：「到處都是遊戲？」

她：「嗯，那個時代的人工作就像打遊戲一樣，只要坐在家裡遠端操控就行了，甚至上廁所都像在玩遊戲。」

我：「上廁所都是在玩遊戲？」

她：「嗯。特別是男人上廁所的時候，會有一個一個靶子，就像是專門讓你玩射飛鏢遊戲一樣。」

我：「那個時代的建築呢？」

她：「建築變化不是特別大，畢竟一座大都市要在幾十年裡把所有大樓都拆了重建是不可能的，但是商場變少了，娛樂設施更多了，電影院什麼的到處都有，連飛機上和船上都有電影院。城市裡還有很多專門送快遞的飛艇和空心管道，那些水母一樣的飛艇會在城市裡兜轉，飛到一個街區就會放出一些無人機來自動送貨。上班的時候，也可以乘坐飛艇而不單單是公車了。」

她的描述之詳盡讓我很是震驚，我本以為她會像是一些算命騙子一樣用記憶模糊之類的藉口來糊弄一下，但她的描述讓我著實有點意外。

我：「那那個時代的政治呢？」

她：「未來的政治很搞笑，我印象很深，那就像明星選舉或者相親節目一樣，都是用電視機一樣的機器實況投票的，觀眾和委員會的人有投票權，只是委員會的人票數多一些。」

我：「如果妳說的這些都是妳自己編出來的話，那我想妳絕對有著不同一般的想像力。」

她：「我知道你肯定會這麼說。你不會相信我真的有去到未來的能力，你更相信的是當下科學理論的解釋，但是科學本來就是一門跟隨在現象後面的學科。其實我也更希望我是一個普通人，可惜我不是，我是一個可悲的人。」

我：「可悲的人？」

她：「難道世上還有什麼事情比預知未來更可悲嗎？就像我這樣，知道未來是怎麼樣，卻沒法改變。人生對我來說，就好像在翻看一本已經看過無數次的書，有時候一個人一出場，我就知道他是什麼角色，會有怎麼樣的結局。當然，也包括我自己，我知道我的一生中會遇到哪些人，以後的丈夫是誰，會發生什麼事，也知道我是怎麼死去的。我什麼都知道，但是我什麼也改變不了。」

我：「如果未來真的是已經決定了的話，那誰也改變不了吧？」

她：「不，有些人還是能夠改變的。」

我：「什麼樣的人呢？」

她：「像你這樣的人。」

我：「我這樣的人？」

她：「對。你是站在兩個世界中間的人，你是引渡人，你可以把普通人引導到我這樣的人的世界裡，你也可以把我們這樣的人引導到平凡人的世界，你接觸了很多人的不同的世界，你可以很容易地就改變你自己的世界立場，所以沒有一個人的世界能夠約束你。我的世界你可以選擇走進來，也可以不走進來。還有那些被世人當成精神病患的人，他們的世界你也可以走進去，也可以走出來。你穿梭在不同的世界裡，每個世界都有自己的世界觀和未來，你沒有固定的世界觀，你的未來是自由的，沒人能夠拘束你。」

隨著我和她的交談，我漸漸被她給吸引，或許她的話並沒有太大的說服力，但是卻夠有趣，能讓人產生信心，甚至著迷。她年紀很輕，但身上有一種獨特的魅力，這種魅力來源於她美麗的外表和巧妙的語言。

我和她談了很久，她告訴了我很多她的思想時間流到其他時代時的所見所聞，直到一個小時後，我們的談話才突然間中止。

原因是她的臉色突然變得非常古怪，嘴巴不安地嚅動著，眼神也開始變得迷離和疑惑，就像是看到了一個陌生人似的。

她側著腦袋，迷茫地看著我，睜大了漂亮的眼睛，無辜又焦急地問我：「叔叔，你是誰啊？這裡是哪兒啊？我奶奶呢？奶奶？！奶奶妳在哪裡？」

看著她那幼稚的表情，我相信她的這種恐懼和疑惑都不是裝出來的。如果不是她發病了，那就只有一種解釋，就是現在在她身體裡的，不是現在的她，而是小時候的她。

如果世界是一本書，或許我真的只是書裡的一個無知的紙片人，而她，是那條不受時間約束的書蟲。

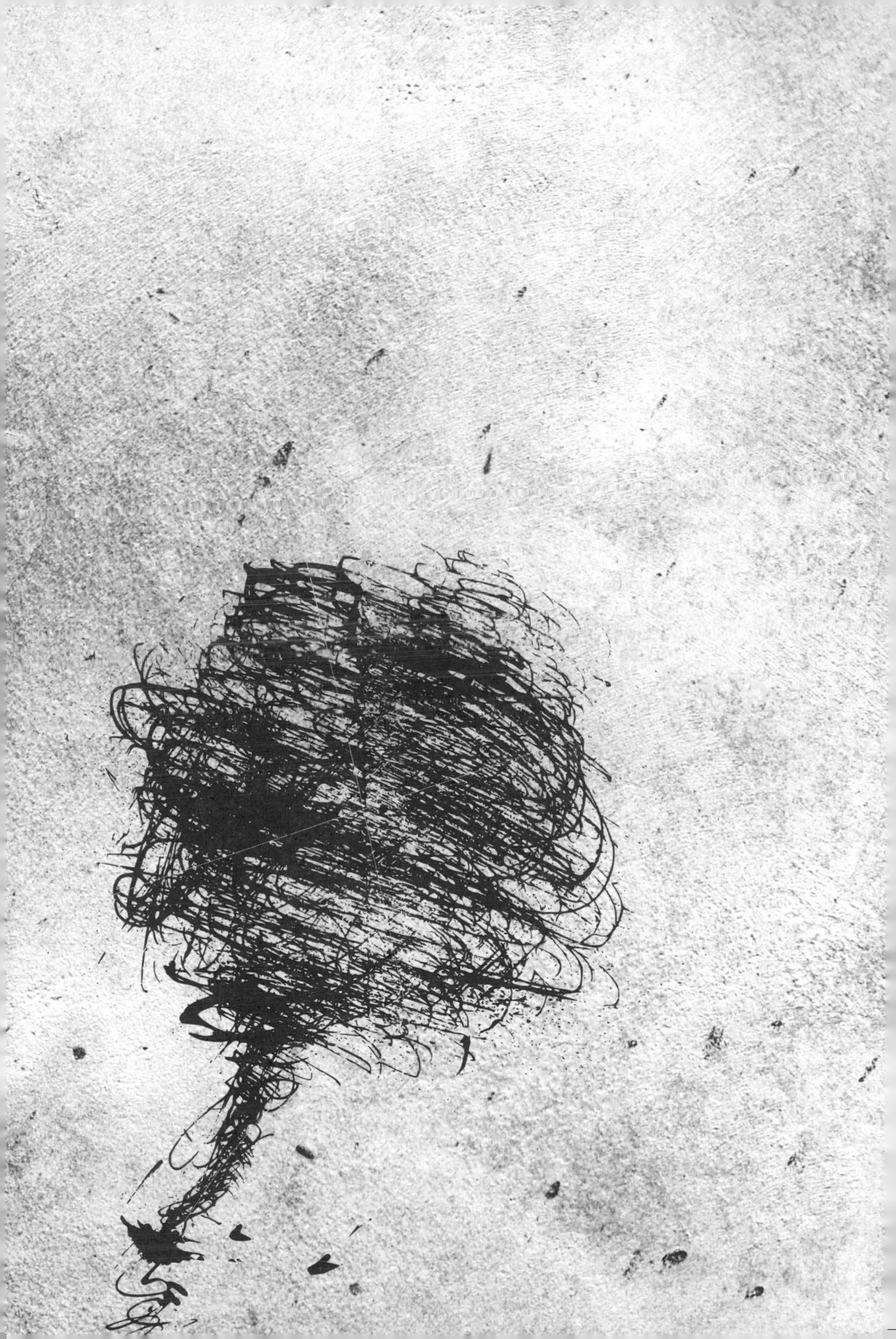

看月亮的外星人

在此前我所描述的病人中，幾乎沒有語言表達能力較差的，因為我特地挑選了那些有著怪誕思想、迴異世界觀的患者的口述內容作為整理稿。但是事實上，就比例來說，真正的精神病患者，大多都是屬於思維混亂、邏輯表達不清晰的那一類，真正會坐下來跟你侃侃而談的患者畢竟是少數。

他原本是一個品學兼優的學生，不但成績優異，而且還獲得過奧林匹克數學競賽的獎，是個聰明的少年。但是有一天，他突然暈倒在自己家裡，醒來後，就喪失了語言表達能力，就像被剝奪了認知似的，語言表達水準都倒退回了嬰兒階段。

要和這名患者溝通實在困難，在所有最難交流的患者中，他名列前茅。為了能夠和他進行正常交流，我花費了八個月的時間。每天我都按時去他的病房，查看他的情況，並且像是父母教導小孩一樣教導他文字和語言，教導他最基本的動作手勢和社會常識，不然他連一個杯子都舉不起來。

最開始的時候，他就像個植物人一樣，睜著眼睛，一動不動。他的眼珠方向是不一致的，呼吸也很紊亂，但腦波完全正常，任何功能區都沒有受損。直到和幾十個人接觸以後，他才開始調整過來。

先是他的眼珠慢慢滑動起來，方向變得一致了。後來，他的呼吸也慢慢有了節奏。再之後，他的手指能夠像巴金森氏症患者一樣抽搐，但是無法操控，也無法使力。這種情況很像是剛出生沒有多久的嬰兒，對剛出生的嬰兒來說，靈魂和肉體是分開的——肉體就像是靈魂附體的傀儡，靈魂會一點一點地嘗試自己這個嶄新的身體，不斷重複嘗試調動神經和肌肉運動，最後才能夠操控自如。到發育成熟後，他們對自己的身體操控就能夠隨心所欲了。只是對於我們大多數人來說，我們都因為靈魂附在這個傀儡之中太久，忘記了我們在嬰兒時期的想法，所以才認為我們的肉體就是我們的本體，其實，根本不然。

這名患者就是和新生兒一樣，反覆地試著適應和操控自己的身體。最初的時候他手部幾乎沒有什麼力道，什麼東西都握不住，好幾天後才能夠抓住一個雞蛋。然後是臉部表情的變化，一開始他的臉部沒有任何的表情，完全就是僵板著臉。為了教導他能夠正常地哭和笑，我和其他醫務人員花費了不少心血，讓他知道什麼情況下應該進行情緒宣洩，什麼時候應該保持沉默。

就這樣，三個月後他才稍微像個正常人一樣走動，但是力道上的控制還是有所欠缺。最難的是教導他識字和說話，這個過程異常辛苦，勞心勞神。首先要讓他知道我是誰，我就必須指著我自己，不斷地重複我的名字，然後再指著他，重複他的名字，讓他有自我認知。有了自我和外在物概念後，就是讓他理解顏色、方位和其他對他有生存意義的物體，比如說水和食物的名稱。

比起新生兒，他的學習能力要強很多，很多東西他一學就會，不需要教導第二遍。愈是到後期，他的學習能力就愈快，掌握語言技巧的能力遠遠超過了一般人。

和他進行正常對話，是在和他見面的第八個月。

但是當他和我正常交流時說的第一句，就讓我很震驚：「我……不是……地球有……的東西……」

我：「什麼？」

他：「地球有的東西，我不在裡面。」

我：「你是說，你不是地球人？」

他看著我，沒有說話，也沒有點頭。等了半天後，他才說：「我，天上的，很遠很遠的來的。」我聽出他的意思是在說他不是地球人，而是說他來自天上。

我：「你說你從天上來？來自天上的哪裡？」

他：「說不出來……很遠的，這裡，不一樣的地方的。」

我說出了他的姓名，告訴了他的親人和過往，問他還記不記得，認不認識，他卻看著我說：「不知道……沒有在一起過的……」

他的意思是他根本不記得任何和他親人在一起的事，他對他的親人的記憶完全為零，就像失憶了一樣。我就順著他的話，問他他是不是指自己是外星人，然後我又花費了差不多一個月的時間，拿了圖冊才勉強給他解釋清楚外星人的意思。

但是他用語言無法表達他那個地方的樣子，我就讓他畫畫，結果他給我畫了一堆堆雜七雜八的圖形。那些圖形就像胡亂塗抹的塗鴉，根本沒有什麼規律可言，簡直比畢卡索的圖畫還要難讓人理解。

我：「這些是什麼？」

他：「我們。」

我：「你是說你的同類？可是這些看起來哪裡像人了？」

他：「亂的。我們……都是亂亂的。不是你們這樣。」

我不知道他說的亂的意思，花費了一番心思後，我才明白，他所說的亂，是指他所說的他來的那個星球的人沒有固定的形態，它們的身體可以隨意變形，就像液體一樣。

我：「總的來說，你的意思是你不是地球上的人，你來自別的星球，是外星人，對吧？可是你為什麼是人的樣貌？為什麼來地球？」

他：「他們……給我造的衣服……把我……放進來……來看月亮……」

好一會兒我才理解他所說的衣服意思是人類的形態，他找不到別的詞來形容人類的身體作為容器對於他們的意義，所以就用了衣服這個詞。

讓我吃驚的是，他說他們那個星球的人把他送到「這裡」，不是為了進攻人類，不是為了當間諜，也不是為了其他什麼邪惡的目的。他來這裡的原因，居然只是為了賞月。

我：「為了看月亮？你們的人來到這裡，就只是為了看月亮嗎？」

他：「是……啊……」

我：「月亮有什麼特別的嗎？」

他瞪著眼睛：「……這裡的月亮……會和太陽……一樣大……其他地方……都不是的……」

我漸漸摸清楚了他的意思，他是說只有月亮這個衛星會在日食的時候和太陽連成一條線，在地上觀看時完全重疊，變得差不多大小；而其他星球的衛星都不能完全和它們所在的恆星重疊。這樣的巧合，對於宇宙來說，簡直就是天文奇觀，他來到這裡，就是為了看日食，純粹就是為了賞月。

我：「你的其他族人有來到地球嗎？」

他：「沒有的……只有我的……」

之後他又保持沉默了，一句話也不說，我知道他每次陷入這樣的狀態時，我就別想再繼續跟他說話了，於是我就中斷了和他的談話。

我曾經看過一些外星人進攻地球的電影和小說，外星人攻打地球的原因千千萬萬，為了掠奪地球資源，為了把人類抓去做奴隸，為了避免人類威脅他們生存等等；但是我從來沒有想過，外星人來到地球，居然會是為了賞月。

我當然不太相信他會是外星人來到地球的使者，但是如果他真的是，那麼，他故鄉的那些外星人，一定是整個宇宙中最有情調的外星人。

他的病情一直沒有太大的好轉，後來他雖然能夠說人話了，也能夠用豐富的詞彙和正常人交流，但是他的臉部表情依然很少，就像一個僵硬的娃娃一樣，臉上很少有喜怒哀樂。

在日全食發生後沒幾天，他的病情突然好轉了，就像換了一個人格一樣，一夜之間甦醒了所有的記憶，變得完好如初，第二天就出院了。但是，他的記憶卻依然停留在一年多以前，就像他剛入院時一樣，這樣的情況，就彷彿他一年多來的記憶被人抽走了。

我可以用醫學上的解釋來說明他的這種情況，但是，從另一個角度，我更願意相信，那是附在他身上的那個外星人在欣賞日食後，滿足了心願，又悄無聲息地溜走了。

想吃馬鈴薯的人

她：「嘿，你真的過來了，我剛才還在想你說不定會過來呢。」

我：「妳知道我會過來？」

她：「我不知道你會不會過來，但是我剛才想過你會過來，所以我的想法成真了，你真的過來了。」

我：「心想事成是吧？我聽胡醫生跟我說過妳的情況，不過他今天不值班。」

她：「我知道，我跟你又不是不熟，之前不是跟你見過兩次面嗎？」

我：「那倒也是。不過我們也沒怎麼說話，我還以為妳對我印象不怎麼深。」

她：「怎麼會呢，你在這醫院裡名氣也不小了。我聽他們說你脾氣特別好，喜歡跟病人聊天，不像一般的醫生，看完病，開一副藥方就打發他們走人。」

我：「這是因為我根本不把他們當成病人，從我的角度看，他們之中很多人都只是想錯了方向的天才。我接觸過不少這種人，但是其實他們比一般人聰明得多。」

她：「所以嘛，我說你不像醫生，比起醫生，我反倒覺得你更像個病人。只是你偽裝得比較好，演技出色，能夠在表面上讓別人看不出你心裡的想法。」

我：「妳這麼說也有道理。從心理學的角度來說，每個人的心裡世界都跟別人是有一點差別的，只是差多少的問題。就像個靶子，有些人的想法離靶子近一點，有些人離得遠一點。」

她：「你這個比喻很恰當啊，我以前沒有想過。」

我：「妳今天吃藥了嗎？」

她：「噢，沒吃，因為我發現那東西根本沒用。胡醫生說我吃了藥就可以不胡思亂想，可是我吃了藥之後只想打瞌睡，心情稍微平靜點，其他用處一點也沒有，我的能力也還是在，沒有消失。」

我：「妳說的那種能力，最近又成功了幾次？」

她：「我都記下來了，算上你到我這裡來，是四次了，你自己看吧。」她把一本私人日記本給了我，我看了她的日記，裡面寫著她從四天前住院開始的每一天的日記，裡面記錄了她三次「施展能力」的經過。

第一次，是她中午想吃馬鈴薯，結果看護員真的給她做了馬鈴薯。

第二次，是她希望晚上有人打電話給她，結果她真的接到了一通電話，不過是陌生人的錯誤電話。

第三次，是她吃藥的時候沒水，結果過了一會兒看護員就給她送了水。

她：「你看到了吧，我說過，只要是我想實現的事，就會成真。算上你到我這裡來，已經有四次了。」

這名患者堅信自己有心想事成的能力，只要是她期望發生的事，她認為那件事就有可能會發生，甚至她還認為自己是殺人犯。她認為她在新聞裡看到的一些罪犯都因為她的希望而死了，她去派出所自首，但是警方根本不可能找到她殺人的任何證據，只能把她帶到了精神病院來進行精神病鑑定。

我：「這種巧合很正常嘛，每個人都有，其實都是巧合。一個男人平均七秒就有一次性幻想，妳能說他們最後跟老婆同床共枕是因為他們有心想事成的能力嗎？」

她：「那些人的是巧合，但是我的能力不是巧合，因為如果我的能力是巧合的話，這種巧合也太多了啊。最多的時候，一天就有十多次巧合，哪有那麼巧？」

我：「一天有十次巧合？這事妳上次沒有提過吧？」

她：「是啊，我跟你說，我是怎麼殺死那個強姦十二歲女孩的強姦犯的吧。那天晚上我在電視上看到了他強姦女孩這件事，還看到了他出獄的事，當時我就想，這種人渣絕對不能死得太便宜了，一定要死得很慘，一定要被人給活活砍死。我狠狠地詛咒了他，第二天就在新聞上看到他出獄後去網咖上網，被人砍死的事。當時我就知道我的詛咒應驗了，我真的靠我的詛咒殺死了那個罪犯。」

我：「這種巧合的機率也太大了吧。妳說罪犯誰不恨啊，那些受害人家屬還巴不得他被千刀萬剮呢，不能證明什麼。」

她：「你說得有道理，但這不是唯一的一次啊。我覺得自己有可以用詛咒殺人的能力，於是我故意去網路上找了一些罪犯的資料，然後拚命詛咒他們，詛咒他們因為各式各樣的死法死去。什麼被電死啊、被燒死啊、淹死啊都有過。」

我：「妳成功了？」

她：「沒有，我沒成功。那些罪犯一個也沒死。」

我：「這不就對了，妳不是沒什麼詛咒殺人的能力嗎？」

她：「你錯啦，那不是因為我沒有能力，而是我自己有意識地運用自己的能力，所以我的能力不靈了。我這種心想事成的能力，是不能故意去用的，如果我是有意識地去用，就不靈了；但是如果我是下意識地去用，就可以成功。那次我想殺死罪犯沒成功，我也懷疑自己沒能力，就把那種想法給忘了。但是過了幾天，我又在網路上看到了一個局長的不雅照片，心裡下意識地想，這種人應該被人用鐵棒活活打死才大快人心。結果第二天我就看到了那個局長被人用鐵管活活打死的消息！那之後我就知道，不是我沒有能力，是我對我自己的能力的運用方式不對。」

我笑起來：「是吧，妳自己也說了，有意識地去用這種能力就不靈了，不是嗎？所以妳這種能力有也等於無，因為妳不能用它做什麼事。而且妳要是真能控制妳的這種能力那還得了，妳都成上帝了。」

她：「所以這幾天我在這裡沒別的事，一直在訓練我的這種能力嘛。我在想辦法，怎麼樣才能夠無意識地去讓我想要發生的事發生，我發現要做到那樣真的太難了，我愈是刻意地想要讓一個念頭成真，那個念頭就愈是難成真。反倒是我心裡想：『要是這能成真就好了，不過那肯定是不可能的』的時候，那件事反倒能成真了。哎，這真是憋死我了！」

我：「那妳想到方法沒？要是想不出方法，那就放棄吧，妳說誰能做到明明知道自己有心想事成的能力，又下意識地不刻意地用這種能力去實現願望呢？」

她：「呵呵，我已經稍微找到一點門徑了，其實關鍵是要學會把注意力轉移。比如說我告訴自己，千萬不要想大象，那肯定是會想大象的，愈是不去想大象，就愈是要想。但是如果我想一隻長頸鹿的話，那就會忘記大象了。多練練這種注意力轉移的辦法，忘記自己有心想事成的能力這回事，然後去看一些能讓自己情緒有感染的新聞什麼的，就往往容易實現能力。雖然我現在還沒成功，但是我想我已經找到感覺了，只要堅持練下去，遲早我就可以心想事成，跟上帝一樣。」

看到她一臉喜孜孜的樣子，我知道光靠嘴巴沒法說服她，不如讓她自己先試試，然後等她失敗後，才能夠說服她。

一番簡單的交流後，我離開了她的房間，留下她一個人在房間裡練習她的特異功能。

幾個禮拜後，她似乎也對自己的這種能力產生了懷疑，開始厭倦了，月底的時候，她出院了。

出院的時候，我半開玩笑地問她，問她那種心想事成的能力練成了沒有。

她沒有回答我，只是對我眨了眨眼睛，微笑著小聲說：「過幾年，你把我的事寫進你書裡的時候，你就知道答案了。」

跟蹤者

在我有過接觸的患者中，他是我見過的患者中情況最惡劣的。

這名患者經司法鑑定為做案時患有急性短暫性精神障礙，所以依法不負刑事責任。但因為有繼續危害社會的可能，所以他必須接受強制醫療，接受抗精神病藥物治療。

在住院期間，他被禁止接觸任何刀具等危險用品，但他還是數次發狂，對醫務人員大打出手。經過兩個半月的治療，他的精神狀況才逐漸穩定下來。

他的幻聽，也在兩個半月後漸漸消失，但是這並不是說他的病情完全消除，僅僅是發作次數減少而已。

他總感覺自己受到不明人物的威脅，那個不明人藏在暗處，不管走到哪兒，那個人都會跟著他。

根據他的描述，當他走在街上時，他感覺有人在跟蹤他，他想要打電話求救，但是發現自己的手機也被竊聽了，甚至他還聽到了自己兄弟一家老小已經全部被那名不明跟蹤者殺害的消息。受到這樣的消息刺激，他驚恐不已，但是又非常無助，沒人相信他的話，他也不知道該如何才好。惶恐、驚憤之下，他闖進了一家餐館，搶了廚房的菜刀，衝上大街見人就砍。

當我進他的房間時，他正盤腿坐在床上陷入沉思。之前他已經服用過抗精神病藥物，精神狀況已經穩定下來，因此我才能夠和他正常對話。

我：「感覺怎麼樣了？我看你今天氣色不錯，你說那個跟蹤你的人，還出現嗎？」

他：「怎麼沒有出現，他還在跟蹤我，根本就沒有走。」

我：「可我看你精神狀態已經穩定下來了，要是他真的還在跟蹤你，你應該像幾個月前那樣大吼大叫才對。」

他：「我累了，我已經放棄了，我知道我跑不掉的，他遲早會追到我的，就算我跑到天涯海角，他也能找到我。」

我：「如果他追到你，那會怎麼樣？」

他：「他會折磨我，一直折磨，直到把我弄死為止。就像把我哥一家人殺掉那樣。」

我：「你哥還活著，活得好好的。」

他：「哦，那我記錯了，是我侄子。那個跟蹤我的人，殺了我哥的兒子。」

我：「可你哥的兒子也還活得好好的，根本沒死。」

他：「那不可能，我就是看到那個人把我哥的兒子給殺了，對了……可能是我記錯了，我哥有兩個兒子，大點的那個兒子被殺了。」

我：「可我們確認過，你哥只有一個兒子。」

他：「那不可能，肯定有兩個，有一個被殺掉了。你們把我當傻子，不肯告訴我是吧？」

怕他又歇斯底里起來，我急忙說：「好好，我跟你開玩笑呢。你冷靜一點，咱不提這事。來說說那個跟蹤你的人吧，之前我們問你他長什麼樣，你說不清楚，說等他哪時候離你近了你才看得清。現在你看清楚他的臉了嗎？」

他：「現在已經看得清楚了，他已經離我很近很近了。」

我：「有多近？」

他：「就是進醫院的那條走廊，從走廊這頭到那頭的距離。」

我：「差不多五十米？」

他：「嗯，五十米是差不多了，但是他每天都在慢慢慢慢地走近一點，大概再過一個月，就能進我的房間了。」

我：「他長什麼樣？」

他：「原本我以為他是個女人，但是後來我發現他是個男人。」

我：「為什麼會覺得他是女人呢？」

他：「因為那個跟蹤我的人穿著黑色的斗篷，就是用草編的斗笠，還是拖到地上的那種黑色斗篷。我以前只看到他的身材很細瘦，手也很細短，所以覺得他是個女人，後來我發現他不是。」

我：「你看到他的臉了？」

他：「沒看到他的臉，因為他臉上纏著繃帶，整張臉都被繃帶纏滿了，只有兩條繃帶的縫隙裡勉強能看到眼睛。」

我：「就這樣你怎麼認出他是男人的？」

他：「因為他離我近了，我能看見他的喉結了。」

我：「也是。你說他折磨你，那你不會反抗他嗎？」

他：「反抗了，我反抗好幾次了，我已經殺了他好幾次了。可是，他是不死的，我根本殺不死他。不管我拿刀砍死他，還是把他推下樓，他都死不了；明天我起來，他照樣跟蹤我，我在前面跑，他就在後面追。手裡還拿著一把斧頭，很明顯是要把我給砍死。」

我：「就是那種常見的木斧頭嗎？」

他：「對，就是那種木頭把柄的斧頭，我好幾次把他的斧頭奪下來，還把他的腦袋給砍了，可是那根本沒有用的。只要我一眨眼，轉個身，他就活了，手裡照樣拿著一把新的斧頭，跟著我走；黑溜溜的眼睛盯著我，我罵他，他也不說話。」

我：「那你有試過別的辦法嗎？比如把他制伏、把他捆綁起來？」

他：「那也沒用啊，我把他捆綁起來，他輕而易舉就能掙脫，他的身體像泥鰍似的，繩子都捆不住他。不過他力氣很小，要是單打獨鬥，他根本不是我的對手，我很容易就能把他給放倒，可是問題是根本殺不死他。」

我：「你有被他弄傷過嗎？」

他：「有，我被他用斧頭砸傷過好幾次了，痛得要命。」

我：「可我沒在你身上看到什麼傷痕。」

他：「你肯定看不見，因為我身體壯，傷口已經好了。但是真的很痛，兩個巴掌大小的斧頭砸你身上，你去試試就知道了。」

我：「你到現在都還不知道他為什麼要跟蹤你、為什麼要殺你，是嗎？」

他：「我怎麼知道啊！要是我知道他要什麼的話，不管他要我做什麼我都肯答應他，真的！但是我現在明白了，他就是想殺我，就是單純地想殺我，沒有什麼原因。他不是為了錢，也不是我得罪了他，他就是個變態，想折磨、想殺我。他不急著一斧砍死我，他就是要等我逃不動了，然後一斧一斧地砍死我，把給我折磨死！」

我：「你現在已經完全不反抗了嗎？」

他：「沒法反抗，真的沒法反抗，我做什麼都是白費力氣。他每天多靠近我一米，再過不久我就要死了，但是我受夠了，我隨他了，要殺就殺吧。」說著，他重新盤起腿來，坐在床上，什麼也不做，就像等待死亡一般。

整整一個月，他都沒有再出現什麼異狀，就像他所說的，他好像真的不再反抗。直到一個月後的一個週五，我接到了醫務組的電話，看護員發現他死在了自己的房間裡，死因是心肌纖維撕裂，心臟出血導致心跳驟停死亡。

在對他的屍體進行鑑定時，驗屍人員檢測到他死前體內分泌了大量的兒茶酚胺，這是他死前腎上腺素大量分泌的證明。

也就是說，他是被活活給嚇死的。

到底他死前看到了什麼恐怖的景象，恐怕除了他自己，就再也沒有人知道了。但是，那一定是超乎普通人想像的東西。

對於大多數人來說，自己無法看到的東西完全可以視作不存在，我們有充分的理由相信，他只是自己嚇死了自己。但是，對於另外一部分人來說，卻未必如此。

也許他真的看到了什麼，那也許是他說的那個跟蹤他的斗篷人，是更可怕的東西。

黑格爾說：「存在即合理。」

然而，不存在的就不合理嗎？

無限複製

精神病患者的類型可以說各式各樣，但是大體來說，患者還是可以分為兩類：一類是有學識的，一類是沒有學識的。沒有學識的患者，容易陷入迷信的誤區，產生精怪鬼神的幻想和錯覺；而有學識的患者，則更容易形成一套顛撲不破的自洽理論，並且用那套理論麻痺自己，無法自拔。

後一類患者中的某些佼佼者，甚至可以把他的理論發展成為一門宗教，廣招信徒，甚至產生一定的社會影響力。

跟我一起的一名精神科女醫師對我說：「仔細想想，世界上的宗教不就是這麼來的嗎？先是某個人破天荒地想到了關於這個世界本質的某種可能性，比如天上有天堂啊，世界上有一座須彌山啊，山上有梵天啊，或者天上有凌霄殿、地下有地府什麼的，然後這套理論慢慢被人信服了，愈來愈多的人追捧，最後就變成了一種宗教信仰。我接觸過的一些病人，說實話我覺得他們如果能早生個兩千年，說不定就是老子那樣的思想家，完全可以自己創建一個教派了。」

我很贊同她的這種說法，因為就我個人的經驗來說，事實的確就是這樣的，除卻那些因為大腦病變出現幻覺的患者之外，那些因為精神和認知問題導致特異行為的患者的確可以在很多方面稱之為天才。

他就是一名這樣的天才。從他的立場來說，他已經發現了這個世界的真相。

他：「我有很多的想法，不是你能想到的，但是這些想法，我肯定我就算說了你也不會懂的。」

我：「是，你說了我是有可能不懂，但是起碼還有懂的可能。但是你不說的話，那連一點懂的可能也沒有了。」

他覺得我說的有道理，在我的一番引導之下，他終於還是開始嘗試著說明他的思想理論：「你喜歡看《西遊記》嗎？」

我：「喜歡啊，電視不一直在播嗎？也算是從小看到大的片子了。」

他：「那你肯定喜歡孫悟空吧？」

我：「孫悟空還有誰不喜歡的，小孩子大人都喜歡吧。」

他：「孫悟空有一種能力，從身上拔下一撮猴毛，放到嘴裡嚼一嚼，然後再一吹，就可以變出數不盡的猴子來吧？」

我：「嗯，分身術吧，孫悟空的本事嘛，打天兵天將的時候還用呢。」

他：「對，分身術。那你相信這個世界上有分身術嗎？」

我：「你是要告訴我你看到過分身術，還是你會分身術？」

他：「我不會分身術，但是不代表分身術不存在啊。」

我：「你見過會分身術的人？」

他：「沒見過，但是理論上分身術是完全存在的。只要研究下去，不管什麼東西都可以像分身術一樣變出一模一樣的複製物出來。」

我：「一個大活人可以變成兩個嗎？」

他：「別說是兩個，就算是兩百個、兩千個、兩億個，就算把地球填滿都可以。」

我：「就跟複製人一樣？」

他：「不是複製人。複製人跟分身完全不是同一個概念。複製人就是從一個人的體內取出細胞，然後去體外慢慢培養，直到那個複製體慢慢培養成人，中間要吃飯喝水進食，消耗很多資源。但是分身不需要，分身可以憑空變出一個大活人來，什麼東西都不消耗，完全打破了能量守恆定律。」

我：「還能打破能量守恆定律啊？要是真能實現，那豈不是資源都無窮無盡了？」

他：「就是說啊，所以我現在就研究這個，就算死我都要研究出分身術的原理來！想想看，要是什麼東西都能夠憑空變出來，那我們這個社會還缺什麼？糧食問題解決了，資源問題解決了，甚至連土地、房屋、女朋友的問題都解決了，人類直接就進入共產主義了，人人都能占有幾乎無限多的資源，生活富足，多好啊。」

我：「等一下，你不是研究數學的嗎？又不是搞新型能源研究的，這跟你研究資源沒什麼關係吧？」

他：「所以我就說你不會懂了。我說的分身術的基礎就是數學，只要把數學研究透了，分身術就不是問題了。你知道一個說法吧，歷史學的盡頭是經濟學，經濟學的盡頭是心理學，心理學的盡頭是生物學，生物學的盡頭是物理學，那物理學的盡頭呢，就是數學。數學是一切的基礎，是這個宇宙的本質，把數學研究透了，你就能看見上帝。」

我：「然後直接請求上帝給你發糖？」

他：「你這個人怎麼雨呢？我哪裡說了要上帝送資源了？我又不是宗教。我的意思是，靠數學這個理論系統，就可以實現分身術的美夢。聽說過分球定理嗎？」

我：「分球定理？從來沒聽說過。」

他：「那我就給你舉個例子。我這裡有一個橘子，你把這個橘子切開，還剩下幾個？」

我：「這要看你怎麼算了，如果兩半各自算一個橘子的話，那就是兩個；如果半個橘子不算一個整體的話，那就是一個。」

他：「那只是你的想法而已，如果我告訴你，我就算把這個橘子給分開了，照樣有兩個一模一樣的橘子，你怎麼想？」

我：「那怎麼可能？」

他：「怎麼不可能？在數學上，這是完全可能的！」

我：「為什麼？」

「你看這個。」他在房間裡找了一張白紙，用我的筆在上面畫了一個圓，然後用筆尖點著那個圓，說：「我問你，在數學上，這麼一個圓裡，保護多少個點？」

我：「點的大小是無限小的，那麼應該是無數多個點吧。」

他：「所以，如果我把無數多個點拿掉一半，那剩下的還是無數多個吧？無限多的一半是無限多，無限多的三分之一也是無限多，無限多的萬分之一還是無限多。所以這個圓，可以像分身術一樣，變成兩個，變成三個，變成一萬個，而且還是一模一樣的形狀結構，比複製還要相似！」

我：「這怎麼可能……」

他：「怎麼不可能？數學上的東西，都是有物理上的對應的。比如說，虛數剛剛發明出來的時候，很多人認為沒有用，因為根號、負一根本沒有意義啊。但是後來呢？虛數卻引發了電子學革命，還變成了量子力學理論的基礎。還有質數，一開始人們也找不到質數的意義吧？但是後來卻被認為是量子不確定性原理數學根源。任何數學上的東西，最後都是能夠在現實的物理世界裡找到對應物的，數學的宇宙比物理的宇宙要大很多。數學上的無限小和無限大在物理宇宙裡肯定也是有的，所以把一個圓分開，變成兩個，這種情況也是完全存在的。這種情況就叫分球定理。只要把實現分球定理的辦法研究透了，那人類社會變革的時機就到了，整個地球文明都會發生質的飛躍！」

或許你覺得他的話很荒誕，但是事實上，他有一批屬於他自己的粉絲和學生，而且和他一起研究這個東西的真的不少。那是一個信奉數學的小團體，他們堅信數學是宇宙的本質，只要研究透了數學，就能夠和上帝對話，甚至，變成上帝。

這是一群做著夢的人。

只不過，他們的夢，是用不容變通的規則、嚴謹縝密的數學公式搭建起來的。

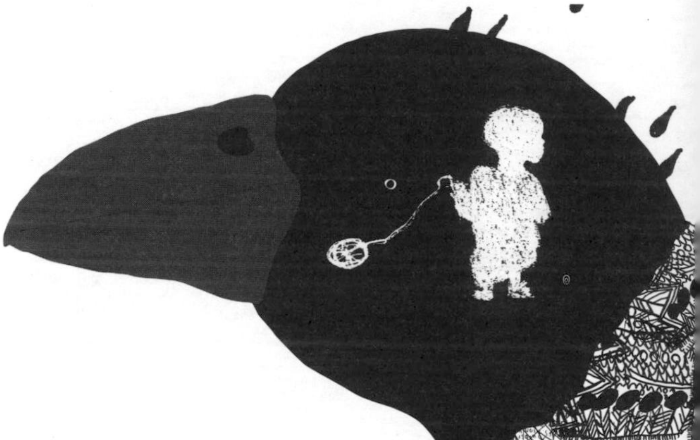

世界的漏洞

雖然我的專業是精神病學，但是我接觸到的患者卻涵蓋了各個領域，其中不乏高端人士，因此在和患者的交流中，我也受益良多，幾年下來，我也勉強可以算得上一名雜學家了。

這名患者，父親是作家，母親是重點大學教授；他幼年聰慧，十六歲的時候就進了大學，十七歲的時候在雜誌上發表了一篇粒子物理方面的學術論文。後來他攻讀物理學、數學和電腦科學。現在，他整天悶在家裡自己搞電腦程式設計方面的研究，還自費出版了幾本書。

他：「懷疑這個世界的真實性，這是每一個活著的人都有的本能，你相信嗎？」

我：「我相信啊，每次我在路上撿到錢的時候，都會想，這不是真的吧？」

幹我這個行業，一定程度的幽默感是必需的，一來是放鬆自己的精神壓力，二來是緩解和患者之間的緊張氣氛。某種意義上來說就是一種自我保護。

他：「不是你這種程度上的懷疑。『莊周夢蝶』，佛教說的『四大皆空』，都是說世界是虛幻的，物質不存在；柏拉圖認為我們看到的只不過是真實世界的幻影；笛卡兒也懷疑世界是假的，還提出了『我思故我在』的說法；王陽明也認為心外無物，懷疑世界的真實性……至於現在的科幻電影，像《駭客任務》、《楚門的世界》、《啟動原始碼》都提到了類似的概念，這個時代，已經有愈來愈多的人開始相信我們這個世界是虛假的了。」

我：「你知道得很多啊。而且記性很好，這麼多哲學家的思想典故你都知道。」

他：「呵呵，因為我每天都在做這方面的研究啊。」

我：「畢竟專業的就是不一樣。不過，就算你說我們的世界是虛幻的，那又能怎麼樣？我們還是得照常過日子吧？」

他：「你這就是消極主義了，你屬於那一類就算懷疑世界的真實性也不會去反抗的人群，但是還有一類人，他們發現世界的虛幻，還會努力去反抗，我就是屬於這一類人。」

我：「你平時做的那些事，就是在反抗，是嗎？」

他：「對，就是在反抗，我那是在尋找這個世界的漏洞。我已經知道了這個宇宙的本質，這個宇宙就是一台電腦，所以我一直在找這台電腦的漏洞。找到了漏洞，就能把這台電腦給破壞掉，我們就能解放。」

我：「解放？那解放之後會怎麼樣？」

他：「當然是去一個更真實的世界，就像上帝的領域一樣，那一定是一個非常完美而且脫俗的世界，超出我們的想像。但是在那之前，我們必須先突破。」

我：「可你說那個世界比這個世界完美，有什麼證據嗎？說不定我們這個世界，就已經是真實世界了。」

他：「不可能的，我們這個世界肯定是假的。我可以跟你打包票，肯定是假的。你瞭解電腦程式嗎？」

我：「這方面我真的不懂，我算是半個電腦白癡。」

他：「要是你對電腦方面有一定的瞭解，你就會知道，這個世界上沒有一個程式是絕對完美的。任何程式都存在漏洞，牢牢記住這兩個字：任何。也就是說，不管你是美國的電腦軍事網路，還是ＩＢＭ公司的伺服器的運作代碼，都絕對有漏洞。因為它們都是這個世界的一部分，這個世界都是有漏洞的，它們這些人造的東西更加不可能避免漏洞。」

我：「難怪老是見到電腦被病毒感染的新聞，要不就是我的電腦系統老是顯示出現漏洞，需要更新。」

他：「對，你的電腦之所以老是有漏洞，需要更新升級，就是因為電腦程式是不完美的，而且不管你怎麼更新，漏洞都一定會存在，這是避免不了的。你的程式今天更新一次，只能夠暫時解決一些漏洞，但在更新的同時，已經製造出了新的漏洞，所以你下次還需要再來一次更新，把上次更新時產生的漏洞給填補，然後下下次你又得再更新來填補上一次的漏洞……這樣更新就會無止境地進行下去。我們這個宇宙也是一樣，其實我們這個宇宙就是一台放大版的電腦，我們都是這台電腦裡的一串串代碼，所以我們也老是會出現漏洞，比如說生病，那就是因為我們的程式運作出現漏洞了。」

我：「這個說法還真新奇，你說我們的宇宙是一台電腦，可是證據呢？你一定找到了什麼不同凡響的證據吧？」

他：「當然，你知道細胞自動機嗎？簡單說一下，這就是一個類似圍棋一樣的遊戲，不過這裡的棋子都是正方形的。給你三個連在一起的格子，這三個格子只能有黑色或者白色兩種狀態，這樣一來，是不是就可以有黑白黑、黑黑黑、白白白等八種組合狀態了？然後我再設定一個簡單的遊戲規則，那就是：當某一個格子的上一行相鄰三個格子都是黑色、都是白色或者左邊一個格子是黑色的時候，這個格子就變成白色，否則就是黑色。只要定義了這樣一條規則，不管你最開始是什麼初始狀態，一步步運行下去，你會發現這些最簡單的格子就會組合成一幅非常複雜的雪花圖形，裡面有各式各樣的幾何圖形，只要運算次數夠長久，全世界所有動植物身上的圖形你都可以在裡面找到。比如說，貝殼表面的紋理或者烏龜殼上的六邊形，你都可以找到。到最後，如果你計算個幾千億步、幾兆步，就連化學元素、生命乃至人類都可以創造出來！然而，那些動物和人類只是平面人，他們只能夠活在電腦的虛擬空間裡，他們是意識不到我們這些程式設計師的。同樣的道理，我們這個宇宙，也是從最開始一片混亂之中產生了各種的化學元素，然後像細胞自動機一樣運作，才產生出了我們這個地球上豐富的生物圈。我們都只是這台宇宙電腦裡的代碼而已。如果電腦硬體出一點問題，我們立刻就會完蛋。那可不只是單單一個地球毀滅就能完事的了，那可是會讓整個宇宙都毀滅掉。」

我：「細胞自動機我還真不瞭解，不過你這麼一說，我們這個宇宙跟電腦還真的很相似。只是你說電腦裡的代碼該怎麼才能跳出電腦呢？你沒有見過遊戲裡的角色跳到現實世界裡的吧？」

他：「不是不可以，只是比較難而已，我們要找到管道。首先我們得知道，除了我們這個宇宙的電腦外，還有其他的電腦，而且電腦也有不同的功能，有的電腦是用來玩遊戲的，有的是用來搞工程建設的，還有的甚至可以用來製造器官，進行複製。我們只要找到了能夠製造軀體的電腦，就能夠在電腦外的世界裡造出一個軀體，然後就可以把我們的思想植入到那個身體裡，那樣我們就可以變成和電腦外面的那些設計者一樣層次的存在了。」

我：「電腦的設計者？」

他：「對啊，我們的宇宙是被人設計出來的，可能是上帝，也可能是別的什麼高級文明，但是他們肯定很厲害，能輕易地創造我們這個宇宙，我們想要跟他們接觸，就必須找到他們世界裡的製造肉體機械，然後利用程式漏洞入侵和操控那些機械，那樣就能夠和他們對話了。所以我現在一直都在找我們世界的漏洞，只要研究透了我們這台宇宙電腦的漏洞，其他宇宙的漏洞我們找起來就容易多了，就像電腦程式的基礎大多是C語言一樣，其他電腦也有通性，掌握了一門演算法，就能知一解百。」

我：「我算是懂了，也就是說，存在很多的宇宙，而那些宇宙都是有各自的功能的，有的可能是紡織機，有的可能是電腦，有的可能是打樁機。可是，你尋找漏洞的辦法是什麼？」

他：「做一些不同尋常的事。假如這個世界是一台電腦的話，可以肯定我們的行為已經被設定了一些規則。文化和思想也是一種規則，我們必須打破常規，做出我們平常不會做的事，才能讓程式本身措手不及，暴露漏洞。」

他自然有他的一套道理，但是他尋找世界漏洞的方法，卻讓人不敢苟同。為了尋找漏洞，他做了很多瘋狂的事，比如說光著身子衝入他平常根本就不會去的幼稚園；再比如說從高架橋上跳下，跳到別人車頂上玩蹦蹦跳；再比如莫名其妙就和街上一個路人打起來；再或者就是乘坐電梯的時候突然在中途停下，然後剩下的幾層樓都靠爬走完成；再或者，在別人的葬禮上哈哈大笑；又或者半夜三更去墓地睡覺……總而言之，他做了很多所謂超常的事。

但是，我想，和他所付出的代價比起來，所謂的尋找世界漏洞，實在是太微不足道了。

紅衣女人

這名患者是一個人主動找到我這兒的，從樣貌上看，他是一個比較實誠敦厚的老實人。

他：「醫生，最近我的耳朵好像不太對勁。」

我：「耳朵不對勁，應該找耳科。你來我這裡，是不是走錯門了？」

他：「不是，耳科醫生說我這是精神問題。我這耳朵，總是聽到一些奇怪的聲音。」

我：「那是什麼樣的奇怪聲音？」

他：「我總是能聽到有個女人在我的耳邊唱歌。」

我：「現在還能聽到嗎？」

他：「現在倒是不能。那聲音出來的時候沒有什麼徵兆，也不分什麼時間，有可能幾天都不來，有可能一來就會在我的耳邊繞上一天，弄得我心裡慌慌的。」

我：「你說是女人唱歌的聲音，那個唱歌的女人你認識嗎？」

他：「不認識，我從來沒有聽過那個女人的聲音。那是個陌生女人的聲音。」

我：「年輕的女人？」

他：「應該不年輕了，應該是個中年女人了，但是歌喉還是很好的，因為那樣純熟的曲調不是外行人能唱出來的。怎麼聽都像是受過培訓的專業人士。」

我：「那個女人唱的又是什麼歌？那歌聲是你聽過的嗎？」

他：「沒有，那歌我根本就沒有聽過，因為根本不是現代歌曲，聽起來很像是越劇。就是江南地區的那種唱越劇的女人的唱腔。但是歌的曲調和內容都是我從來沒有聽過的。」

我：「能哼個兩段來聽聽嗎？」

他：「這個真的有點難，因為那曲調有點難記，我這個人本來對音樂就不怎麼敏感，每次我拚命想去記住那曲子的曲調，就是記不住，哼出來的老是和聽到的有點區別。」

我：「那內容呢？那曲子的歌詞什麼的，你應該能夠聽得出來吧？」

他：「歌詞我也不太聽得出來，因為那曲子的聲音現在還很輕，我聽著有點模糊，不太能聽出來。也許過一段時間變清楚了我就能聽出來了。」

我：「曲子的聲音在從模糊變清晰嗎？」

他：「嗯，前一段日子，差不多是兩個禮拜前，那聲音還是很輕的，就好像從很遠的地方飄過來的那種感覺，但是到了現在，我已經感覺就是隔著牆壁在唱了，那個唱歌的人好像離我愈來愈近了。甚至，我連做夢的時候也好像模模糊糊地看到過那個女人的身影，不過那個身影太模糊了，看見了跟沒看見差不多，只知道那是個穿著紅衣服的女人。」

我：「聽著還有點駭人啊。要我說你就這樣吧，我先給你開點藥，你回去服用一陣子，如果過一陣子狀況沒好轉，那就再來。」

他表示可以，於是我就給他開了藥，囑託他平日工作不要太勞累，要控制好情緒，之後他便欣然離開了。

但是差不多過了一個星期，他又來了，而且這一次，他的神情也憔悴了很多。

我：「怎麼了，上次服了藥，情況好些了沒有？」

他：「醫生，你給我開的藥我吃了，但好像沒什麼用。而且我的情況愈來愈嚴重了。」

我：「愈來愈嚴重了？」

他：「對，上個禮拜，我還不太聽得清那個女人唱的調子，但是現在已經能夠聽清楚一些歌詞了，歌詞聽起來特別嚇人。」

我：「什麼樣的歌詞？」

他：「開頭的一句很清楚，是『宵半茫茫無所兮』，後面的不是很清楚。但是我也依稀地聽到了幾個字詞，裡面提到了『血』、『咒』、『啼』、『墓』、『剃髮』之類的字，聽得我頭皮發麻。這曲子太詭異了，裡面的曲詞根本不像是正常的歌曲裡有的詞。而且，除了聽到詞之外，這幾天我還一直做噩夢，夢見那個穿著紅衣服的女人走到我的床頭邊上，然後領著我到書桌前，指著書桌上的白紙讓我寫歌詞，連著四、五天都是這種情況。那個女人好像是有什麼事要告訴我。」

我：「那個女人在夢裡離你這麼近，你應該聽到她的歌才對，為什麼還說是依稀聽到歌詞？」

他：「我跟你說，那個女人雖然站在我的身旁，但是歌聲卻根本不是從她身上傳出來的，那歌聲還是從房間外面傳來的，我也不知道是怎麼回事。」

我：「這麼說，其實有兩個女人，一個唱歌，一個領著你寫歌詞？」

他：「我也不清楚，但是我覺得唱歌的和讓我寫歌詞的應該是同一個女人……只是感覺吧。」

我：「你看到那個女人的面容了嗎？」

他：「沒看清。每次做夢的時候，我一轉頭想看她的臉就驚醒了，所以只對她的身體和紅衣服有印象。她的身材挺好的，個子也很高，雖然看起來好像有點年紀了，但應該是歌伎之類的人，保養得很好。」

我：「那你這情況是有點嚴重了。這樣吧，我重新給你開點藥，你回去再休養個幾天，如果情況還是不行，我給你安排別的治療程序。」

他應允了，一個多星期後，他又一次來到了我這裡。讓我驚訝的是，他眼裡全是血絲，眼窩深陷，眼袋又黑又大，連白髮都多了一些，看得出來他這段時間精神狀況非常的差。

我：「怎麼了，藥效怎麼樣？」

他：「藥效前幾天還行，但是後面就沒什麼用了……還有，醫生，我寫下來了，我把歌詞寫下來了！」

他遞給了我一本筆記本，裡面滿滿的一頁都寫上了他所謂的歌詞。

我看著上面的歌詞，問他：「這些都是你在夢裡記下來的？這麼長串的歌詞你記得住？而且看起來，裡面好像還有很多冷僻字啊。」

他：「真的是夢裡那個女人告訴我的，她每天都在夢裡讓我重複地寫幾十次、幾百次，就算我不想記也記下來了，我感覺我再這樣下去，真的要瘋了。」

我：「你有看清那個女人的長相了嗎？」

他搖搖頭：「我看了，但是沒有看到。因為那個女人根本沒有腦袋。」

我：「沒有……腦袋？」

他：「對，我現在知道為什麼那個女人明明站在我的身邊，但是歌聲卻從屋外傳來了，因為那個女人的頭被人砍了，她的身子就站在我旁邊，但是腦袋卻落在了外面，所以我聽到的歌聲，總是從外面傳進來……」

我：「那個女人，是被人殺死的……？」

他的神情開始變得不太正常，揉著太陽穴，說：「對，而且死得很慘，怨氣很重。我算是知道那個女人想告訴我什麼了，她是在用越劇告訴我她是怎麼死的……她是被她的兒子給殺死的……而且她兒子為了掩藏她的屍體，就把她的腦袋塞進了繡球裡，丟到了荒山野嶺……」

我聽著他驚恐不已的講述，看著他的筆記本上的歌詞內容，心有畏懼地看了下去：

宵半茫茫無所兮　俄聞嚶啼諤諤兮
翩翩扣釵而歌曰　佳兒不孝羨綺紈
殢於酒色迷自心　為斂家財起歹意
禹步作咒橐橐兮　芒劍厲嘯燕蝠返
鮮血般地如尺素　鬑鬑母首滾落兮
回神觳觫畏人知　剃髮削耳藏繡球
掘庭三尺開墓兮　鋪塵塗茅又掩土
如今已有百十載　昔年荒塚又默墳
茵木亭亭如蓽兮……

第十一維度

她：「你知道『想見』嗎？」

我：「『想見』是誰？一個人的名字嗎？」

她：「不是人名，是一種看東西的方法。『思想』的『想』，『看見』的『見』。」

我：「想見？」

她：「對，想見。」

我：「妳自己發明的？」

她：「這個詞是我自己想到的，但是其實每個人都在用它。」

我：「具體是什麼意思呢？」

她：「其實說白了就是想東西，在腦海裡自由地聯想各種事物，當然也包括抽象地思考。比如說做數學題的時候，你就要抽象思考了，是不是？你在用抽象思維想東西的時候，就是一種想見。」

我：「嗯，想見，在思想裡看見東西，有意思。」

她：「對啊。我一直不理解，為什麼每個人都要把虛幻和現實分開。很多人總是說想像的東西是假的，只有看得見的、摸得著的東西才是真的，這一點我真的很不理解。」

我：「哪裡不理解？難道摸得著的東西不是真的嗎？」

她：「摸得著的東西肯定是真的，但是想到的東西難道就是假的嗎？你腦海裡想到了一個西瓜，你是摸不到、吃不到，也不能用你的眼睛去看到它，但是它難道就不存在了？只能說它沒法滿足你的身體欲望，但是這不代表它不存在，是不是？存在這個概念，比虛假和現實都要更大，存在應該包括虛假和現實。」

我：「我清楚妳的想法了，妳就是認為，妳想像的那些東西都是真實存在的？」

她：「不是我認為，而是這個世界本來就是這樣的。怎麼說好呢，硬要說的話，就是這個世界根本沒有什麼東西是虛假的，只要是你想到的東西，都和看到的、摸到的、吃到的一樣，是一種存在。虛假這個詞其實大家都用錯了，應該重新定義一下，虛假應該是指不能用五官接觸到的東西，但是那和不存在是兩碼事。再說開點吧，就是說，我覺得現在的人對感覺的定義就有問題，人們總是把視覺、味覺、嗅覺、聽覺、觸覺這五種感覺掛在嘴邊，但是卻忽略了第六種感覺，那就是『想覺』。大腦其實也是一種感受器，想覺其實和視覺、味覺什麼的應該是一樣的，都是一種觀察、接觸世界的方法。」

我：「所以妳平時經常一言不發地盤腿坐在房間裡，就是在『想見』，是吧？」

她：「嗯，我就是想鍛鍊鍛鍊我『想見』的能力。因為我發現『想見』真的很好玩，你可以看到很多你平時看不到的東西。你們啊，平時一直都習慣了用眼睛、耳朵、嘴巴、鼻子去感受這個世界，但是卻不習慣用大腦去感受這個世界，所以很多東西你們都給忽略了。」

我：「呵呵，那妳有看到什麼有趣的東西嗎？」

她：「當然很多了，比如說，規律這個東西，你用眼睛是看不到的，但是靈活地運用你大腦的抽象思維，就可以看到了。如果你靜下心來去觀察規律，就會發現規律的形狀很像是風，雖然它是無形無色的，但是你可以想像出它的樣子，你可以知道它是怎麼運動的，就像你在白紙上畫直線一樣，雖然直線是虛的，而且現實裡沒有直線，但是沿著直線運動的東西，我們身邊到處都有。」

我：「畢竟妳是搞理論物理研究的，抽象思維肯定比一般人強大吧。」

她：「不，你理解錯了，不是我搞理論物理研究就是我的抽象思維比一般人強，是因為我的抽象思維比一般人強，我才去做這個領域的研究的。我小時候就有這種本事，我看到一個公式或者一串數字的時候，腦海裡浮現出來的不是符號，而是很生動的畫面。比如說看到2πr，我腦海裡很輕鬆就出現了一個圓的形象，覺得這個公式真的太美了，但是一般人很難理解，他們只能死記硬背，這大概是我的天賦吧。我第一次看到愛因斯坦的質能轉換公式跟三角形的畢氏定理的時候，也覺得真的好美，這樣的完美，只有上帝才能設計得出來。如果真的有上帝，那祂肯定是一個聰明到我們無法想像的數學家。可惜一般人的眼睛看不到數學，只能用大腦去『想見』才能看懂數學規律。」

我：「妳有這樣的天賦，一般人羡慕妳都來不及。」

她：「有什麼好羡慕的？」

我：「要是別人有妳這樣的把抽象的東西變成具體圖像的能力，數學考試的時候就不會苦惱了。」

她：「那有什麼，對別人來說，就算他們有我一樣的能力，他們也只是用在考試之類的功利性用途上，他們根本不知道去看更多更有意義的東西。」

我：「什麼更有意義的東西呢？」

她：「去站在更高的角度看這個世界啊。你爬過玲瓏塔嗎？玲瓏塔的階梯是一層層地繞上去的，每繞一圈都會上新的一層，我想見的時候就感覺自己在爬塔，想得愈深，就感覺自己爬上了更高一層的塔。就像我研究了很多數學和物理公式，每次我閉上眼睛，靜靜地去『想見』的時候，我的腦海裡就會自己跳出各式各樣的畫面，很多都是微觀世界的結構，比如光子的運動、電子在軌道的運動等，反正想見得愈是深入，我就感覺自己爬上了一層更高的寶塔，寶塔的最高層也許就是上帝。」

我：「嘿，比喻真鮮活，那妳現在爬到第幾層了？」

她：「應該是十一層吧。我在用『想見』的方法研究弦理論，如果一個維度算一層，那我已經爬了十一層。而且我跟你說啊，站在不同的樓層看這個世界的面貌是完全不一樣的，那樣的場景真的很美。」

我：「很美？」

她：「嗯，如果站在四維空間看我們人類，我們就像是一條沿著時間軸蠕動的蟲。如果是站在第五維空間的話，我們人類就像是一條不斷長出樹杈來的樹幹，每一根樹杈都代表我們一個可以選擇的未來。如果是在六維空間的話，我們每個人就像是一個馬蜂窩，表面有很多網狀的結構。

「因為在六維空間裡，我們跟一朵花、一塊石頭、一顆恆星或者一坨馬糞都是有著因果上的關係的，我們都是糾纏在一起的。到了第七維度，那就更有意思了，這個世界就變得既可以一因多果，也可以是一果多因，一個嬰兒可以是從他母親的娘胎裡生下來的，也可以是體外培養出來的，甚至可以是一堆有機物放在水缸裡一陣搖晃後恰巧組合起來的。到了第八維度，我們就變成了一個個的質點，既沒有因，也沒有果，因果就是一個東西了，什麼東西都只是數字訊息，沒有顏色、沒有形態。

「到了第九個維度裡，我們就只是一道道投影而已，就像剪影似的，似有似無。到了第十個維度，我們就變成了一種規則一樣的東西，很難描述了，無處來也無處去。到了十一維度啊，我們……甚至根本就沒有存在過，我們都是虛無的。」

我愣愣地聽著她講述她站在更高的世界看到的奇景，不知道該怎麼回答她。

她：「現在你知道了嗎？為什麼我一直沉醉在『想見』中，因為我想爬得更高，去更高的樓層看看這個世界，說不定還能跟樓頂的上帝說上話。」

我：「妳現在，爬到哪兒了？」

她：「我不是說了嗎？十一層了啊。我感覺自己馬上就要爬到頂了，我好想看到那裡有光照下來，我想說不定上帝已經在那裡等我。」

要治療她的這種情況還真的很不容易，因為她這基本上不算是什麼病，只是一種偏執型的妄想症。她會來到這裡，只是因為她過度沉迷於她所謂的「想見」，讓周圍認識她的人憂心忡忡，擔心她會出事，但事實是，她過得挺好的。

在接受治療初期，她每天都會告訴我她攀爬的進度，她說她每天都能夠上兩三道台階，就是不知道哪年哪月能夠走到頂。

在接受一段時間的治療後，她的情況也在好轉，她說她開始爬不動那階梯了，感覺自己在原地踏步。

直到有一天，她突然哭喪著臉告訴我說：「見鬼了，我從塔上掉下來了，掉到了一樓，之前的都白爬了！要知道，我就差一步就能到上帝那了！」

從那以後，她的狀態開始恢復，整個人變得無精打采的，似乎從塔上摔落下來的經歷，嚴重打擊了她的自信心。

但是，我有時候卻忍不住想，也許對她來說，與其從幻想的高塔跌落、接受現實，也許攀爬高塔的過程才能給她更多的幸福吧。

至少，我至今也還想知道，那座塔的頂端，到底有什麼。

念想就是罪過

在我所接觸過的精神分裂症患者當中，被監視、被跟蹤的妄想症患者數量較多，程度也各有所不同。我這次要說的這名患者，雖然也屬於被監視妄想症，但是其情況卻大有不同。

這名患者並不是在我這裡就的醫，給他診斷開藥的是我的前輩，他先於我十五年進醫院，經歷比我要豐富得多，有很多時間我都向他請教過。他對我的指點常常讓我茅塞頓開。一次在體育館散步的時候，我碰到了他，他跟我談起了他所遇到的一名有著被監控妄想症的患者。

他：「我的這名患者跟普通的被監控妄想症患者有點不太一樣。」

我：「不一樣在哪兒？」

他：「他提出了一個很有意思的理論，直接刺中了精神病這種精神疾病的本質，我倒是覺得他的說法有點參考性。」

我：「哦？他怎麼說的？」

他：「我還是先跟你說說他的情況吧，一般的被監控妄想症患者，總覺得周圍有人在盯著他看，要不然就是有人在跟蹤他，拿著攝影機一路偷拍他，但是我這個病人，他卻不那麼想。他雖然覺得有人在監視他，但是他不覺得身邊有攝影機，他認為攝影機在他的腦子裡。」

我：「攝影機裝在腦子裡？」

他：「他就是這麼說的，他說每個人的腦子裡都被裝了一台攝影機，那台攝影機每時每刻都會把人看到的、想到的東西都給記錄下來，而且那攝影機還有掃描功能，它會把每個人的思想都給掃描一遍，如果發現哪個人的思想裡有一些敏感的東西，就會馬上被刪去，有意思吧？」

我：「這倒是讓我想起了網路敏感字遮罩器，還有史諾登事件——美國的安全局監視全球客戶手機的情況。」

他：「是有點兒像，不過人家掃的是你的手機，掃的是你的聊天紀錄，而這個病人說的是你的思想，就是你腦子裡在想什麼，都會被記錄下來。」

我：「你那病人是做什麼的？」

他：「他是個編劇，在一個劇組裡工作。不過他到我那去的時候，工作上不太順利，壓力很大，自己絞盡腦汁寫的幾篇劇本都沒有被劇組採用，主要原因就是他沒有靈感。不過他又說他有的是靈感，只是每次想到新鮮點子的時候總是抓不住，一下子就忘了，就跟握在手掌裡的水花一樣難留住。」

我：「你那病人是不是有健忘症？」

他：「對，他就是有健忘症，他經常說他有時候想到一個挺新鮮的想法，還沒來得及動筆寫下來就會忘，只留下一個類似於『我剛才好像想到了什麼有趣的東西』這樣的模糊印象，但是具體是什麼，就是想不起來。」

我：「是失智症的早期症狀？」

他：「也不算，他那是工作壓力太大，用腦過度導致的記憶力衰退。不過，他自己不那麼認為，他說是因為他想到的那些靈感無意間洞察到了這個世界的祕密，觸碰到了警戒線，所以那個監控他大腦的人把他的那些記憶都給刪除了。」

我：「思想還能觸碰到警戒線？他是在想什麼不乾淨的東西？」

他笑了：「這個我就不知道了，不過應該也不算什麼齷齪的東西，就是一些奇思妙想吧。因為他是搞劇本創作的，腦子裡想法肯定很多，有些天馬行空的東西一般人還真肯定想不到。他到我那坐了很長時間，跟我扯了一大堆他劇本裡的宇宙，什麼星球、外星人之類的東西，他說他平常經常想關於宇宙運作、世界的本質之類的哲學問題，一直有些東西想不通，有時候他來了靈感，突然想明白一些問題了，但是一轉眼就全忘了，不管怎麼想都回想不起來，讓他氣得把書本枕頭隨地亂扔。」

我：「哈哈，換成是我應該也會急吧。他這種情況每個人都會有，畢竟這世上過目不忘的天才總是少數，大多數人都沒有那麼好的記憶力。很多人都是剛記住東西就忘，有時候剛才還在想一件事，一轉身就給忘了，後來怎麼想也想不起來，確實會把人給急瘋；然後你不去想這事，過個三、五天，說不定反而又突然想起來了。」

他：「可他就是不那麼想，他就是說那個監控他大腦的人跟他作對，每次他一想到關於這個宇宙的驚天祕密，他的記憶就立馬會被刪去，因為他的思想威脅到這個世界了，之後他又會重複這個步驟。他說監控他大腦的那台監控器，肯定有一條警戒線，一旦他的思想危險程度達到那個警戒值，就會自動運作起刪除記憶的功能來。」

我：「這個想法有點異想大開，你說他能想到什麼呢？」

他：「連他自己都不知道，我又能知道什麼？大概就是些哲學上的問題吧。」

我：「不過記憶這個東西，也確實不好說，有時候我也會丟三落四的，特別是年紀增長上去，過了三十歲後，就沒有學生時代那麼好的記性了。有時候早上約定見的人，到了下午就給忘了。」

他：「你還算好了，等你到我這個年紀，記憶衰退得就更厲害了。不過我跟你說這個，倒也不單單是說記憶方面的東西，那個病人提到了一個很有意思的想法，那就是，其實所謂的精神病患者，就是腦子裡沒有攝影機監控的人。」

我：「這麼說，我們的腦子裡都有攝影機監控？」

他：「站在他的立場上就是這麼個意思。我們這些所謂的普通人，其實腦子裡都被裝了監控器，思想裡那些觸及到這個宇宙真相、本質之類的內容，都在達到警戒線的時候被刪去了，所以我們只能是平凡人。而那些被當瘋子看待的精神病患者，其實反倒是能夠躲開攝影機監控，可以不被刪除一些奇思妙想的證人。」

我：「被他這麼一說，精神病患者反而是掙脫了思想束縛的正常人，我們這些普通人反而是被控制了思想的奴隸了。」

他：「就是這麼個意思，我覺得他的想法特別有趣。有些時候，我們太把自己當一回事，用自我為中心的驕氣目光去看世界，但是事實上，我們的思想說不定都是不自由的，我們根本沒有驕傲的本錢。」

我：「只是，你說，誰會在每個人的腦海裡裝一台監視器呢？」

他：「誰知道呢，說不定是這個世界的設計者，要不然，就是……上帝？」

我：「你相信有上帝嗎？我的很多患者都提到了上帝。」

他：「也許有吧，但是也許上帝不想讓我們知道祂的祕密，更不想讓我們接近祂，所以早已經在我們腦子裡裝了監控器，控制了我們的思想。而那些能夠突破祂監控的，都會被世人排斥，被當成是瘋子隔離起來。不管怎麼樣，我們都反抗不了。」

回到家後，我又忍不住想瞭解一些關於上帝的資訊，於是翻開了我那本已經有數年未曾觸碰的《聖經》。

在《約翰福音》第十四章，我看到了那句——「耶穌說：我就是道路、真理、生命。若不藉著我，沒有人能到父那裡去。」

犯罪專家

在我們的同行之間，一直有這麼一個傳說，每一家精神病院，都有一名鎮院之寶級的患者。這名患者不是大有來頭，就是威名顯赫，要不就是凶名在外，或者就是在社會上引起軒然大波，掀起過一陣腥風血雨。

而這次作為本作結尾的這名患者，絕對是我所接觸過的所有患者中最危險的那一類，算得上是我們院裡的鎮院之寶，甚至可以說是頭號恐怖分子也不為過。

他手下有無數死忠黨羽，手裡至少沾過十九個人的血，而且他暗地裡殺死的人更不在少數，我甚至懷疑遭到他迫害的人數量已經過百。

從CNS腦分區檢測儀❼的檢查報告來看，他絕對是標準的精神病患者，他的行為也是瘋瘋癲癲、無從捉摸。但是不可否認的是，他有著常人難以企及的智商，在院裡的所有患者中，他的智力絕對數一數二。

當然，這智力，並不是說在學術造詣上的智力，而是他在犯罪領域的天賦。從我和他接觸時從他口中得到的訊息來看，他簡直就是一名天才型的犯罪藝術家。

他從來不以真面目示人，他喜歡用一層層的綁帶把他的臉纏繞起來，因為他認為那樣能夠給他一種莫名的安全感。

見到我的時候，他用手做出手槍的形狀，朝我開槍：「嗶——砰！」

我盯著他看了很久，然後他哈哈大笑起來。

他：「愣在那裡幹什麼？我又沒有真槍！」

我：「我知道你沒有真槍。不然我也不會還站在這了。」

他：「那可不一定，我跟你說，就算用真槍打人，人也不會一下子倒下的，他們會把身子慢慢弓起來，用手捂著傷口，表情猙獰又痛苦，然後慢慢蹲下，接著才會啊啊地叫起來。電影裡那樣一槍就倒下的場景其實假得很。」

我：「你肯定對不少人開過槍吧？」

他：「都玩過，半自動手槍跟重型步槍。其實就視覺效果來說，十二點七毫米以上的大口徑重型狙擊步槍更刺激，一槍下去，半個人就削沒了，多爽啊。」

我：「可是警察沒有查到你殺人的紀錄。」

他：「是啊，以他們的智商他們當然查不到。我就算告訴他們我用手槍殺過人，他們找不到死者、找不到凶器，也就只能眼巴巴聽著我講，奈何不了我啊。」

我：「你殺過多少人？」

他：「三百。」

我：「不信。」

他：「其實連我自己也記不清了，殺的人那麼多，誰記得住啊，直接殺的間接殺的都不少。一些拿去餵狗了，還有一些拿去餵龍蝦了。你知道嗎？龍蝦最喜歡吃死屍，要是你有一口池塘，多養一點龍蝦，就可以處理屍體了。」

我對他的話將信將疑，因為他每次的說詞都不一樣，今天他說他殺了三百人，明天他又會告訴你他殺了三十人，後天他又會告訴你他沒殺過人。總之，這是個讓人看不透的人。

我：「那你為什麼殺人？」

他：「好玩。除了好玩還能有什麼理由？難道你不知道，人是這個世界上最好玩的玩具？你找得出第二件比人更好玩的玩具嗎？找不到的！活生生、會哭會笑會害怕會背叛會順從——人比什麼都好玩，真的。尤其是玩弄那些自以為是的聰明人，就更是有意思了。愈是聰明有腦子的人，當他們被你耍得要死要活的時候，呵呵，就愈是讓人精神亢奮，簡直比跟女人上床還爽。」

我：「你說你殺人、害人，那你就那麼有信心不被他們報復，不被警察發現？」

他：「警察也就那麼點智商，他們能幹什麼？你不會真的以為警察是一群有能力的傢伙吧？他們絕大多數就是為了領工資吃飯挨日子的，沒幾個有真膽子，大多數都是想平平穩穩過日子、貪生怕死的爛鳥。

「告訴你一個祕密，目前所有案件的破案率只有百分之二十都不到，也就是百分之八十的案件都是無頭案，破不了的案子比破了的案子多得多。不過，為什麼電視上還老是大肆報導警察破案呢？那是為了起敲山震虎、殺雞儆猴的作用啊，專門放給那些沒膽子的犯罪雛鳥看的，真正的老手就是把電視上的那些新聞當笑話，懂嗎？」

我：「那你殺人就不怕被報復？」

他：「殺人是殺人，報復是報復，那是兩回事，菜鳥，懂嗎？我以前從越南買了三十多個小孩和女人，平均兩萬五一個，一高興，全都殺了，你說誰來報復我？我殺人從來不殺跟我有聯繫的人，也不在本地殺人，警察根本沒有頭緒，能找得到是我？他們也就只能歸結為強盜殺人。警察能破為仇殺人、為愛殺人、為財殺人的案件，但是他們破不了為了殺人而殺人的案件。我殺人沒什麼理由，殺了就走人，就是為了好玩，懂嗎？殺人是犯罪的一種，犯罪就是一種玩人心的遊戲，還是這個世界上最刺激的遊戲，籌碼是自己的命。你懂心理學是吧？但是比起我，你就是個菜鳥。」

我：「你懂心理學？」

他：「沒有人比我更懂人心，人心就是最好玩的東西。只要三分鐘，我就可以隨便讓任何一個人發瘋你信不信？」

我看著他，沒有說話。他哈哈大笑。

他：「我跟你說啊，菜鳥！有一回啊，我綁架了一對母子，哪裡人我就不說了，我把他們捆綁在一個房間裡，每個人身上捆綁一個定時炸彈，頭頂上又各自掛一個水銀炸彈，但是水銀炸彈的引線卻在對方手裡。我告訴他們，他們兩個人只能活下一個，如果他們想不被炸彈炸死，就只有在定時炸彈時間到之前拉下對方頭頂上水銀炸彈的引線，炸死對方，這樣才能解除身上的定時炸彈，而且彼此間還不能交流，因為水銀炸彈對細微的振動都很敏感，一交流就會爆炸。結果你猜那對母子最後怎麼著？」

我：「他們拉下了引線？」

他：「何止是拉下引線那麼簡單，他們簡直就是跟餓死鬼一樣搶著拉引線，母親先準備拉，兒子一看到，也急瘋了去拉引線。」

我：「然後兩個人都死了？」

他：「呵呵，其實那炸彈是假的，我跟他們鬧著玩呢，最後把他們平安放了。不過在那之後，那對母子的關係算是徹底毀了。他們知道了對方的本性，這輩子也不會再恢復原來的母子關係了。這就是人性啊，哈哈哈。」

我：「你覺得這樣做很有趣嗎？」

他：「難道不有趣嗎？我可以輕易把別人玩弄在股掌間，這種感覺就像上帝一樣刺激。前陣子，我把一集團董事長的女兒綁架了，關在了一間木屋裡，然後給她那個董事長的爸爸發綁架信，告訴他只要十萬就能把女兒贖回去，那董事長很爽快就答應了。但是後面我不斷地加價，要價提高到五十萬、一百萬、一千萬，慢慢到了一億，最後我告訴他要讓公司關門、股權拋售、員工解散才能把他女兒贖回去，結果那董事長終究不肯了，於是我就把和他對話的電話紀錄給他女兒聽，之後就把他女兒給放回去了，你不知道那個女兒知道自己在老爸眼裡的價格後是什麼表情，有多精彩。人呢，是一種不能知道自己在別人眼裡價格的動物，一旦知道了，多牢靠的感情都會變成一種交易，統統會瓦解。」

我：「你簡直是個瘋子裡的瘋子。」

他歇斯底里地人笑起來：「你的反應跟別人也沒有什麼差別。我再跟你說一件我玩弄警察的事啊。有一次我讓一個員工佩戴著遠端操控炸彈，又捧著一個水銀炸彈走進一家電視台裡，結果那家電視台一陣混亂，所有人都跑了出來，還報了警。大隊警察立馬出動，但我在另外幾棟公寓裡也搞了同樣的事，每棟公寓都有人報警，結果警察就亂了，他們像是無頭蒼蠅一樣在城市裡亂轉。之後我故意留了個漏洞，讓警察根據我埋炸彈的時間差以為我的位置是在中心公園附近一個車庫外的商場監控室裡。他們趕到商場監控室的時候，我就用早就準備在那裡的定時控火裝置把那裡的香蕉水點燃了，警察一看到商場到處起火，立刻像我預料的那樣打電話叫消防車，不過我早就把生石灰堆在商場裡，他們朝著商場噴水，反而加劇了火焰的燃燒，警察和消防員反而變成了縱火犯，哈哈！」

我：「你這麼做，只是為了好玩？」

他：「當然，玩弄那些自以為有智商的人是最有意思的事。警察根本不能拿我怎麼樣的，他們有一個小組後來找到了我的藏身地點，但那是我故意告訴他們的，我告訴警察我要在我的住處殺三十個人，於是警察嚇得立刻趕過來了。我提前計算好了警察到的時間，然後叫了幾十份外賣、十多家快遞跟送貨員，讓那些送貨的在路口等我，他們直接把我住處附近的小路口堵起來了，之後我用答錄機跟警察預告說我的住處有很多炸彈，於是警察急忙遣散那些快遞員跟外賣人員，而我自己早就混在那些外賣人員裡面輕鬆溜走了。警察找到我的住處後，只看到了我留給他們的答錄機跟信，信上寫著：『謝謝你們遣散走我，某個藏在外賣人員裡的犯罪家。』哈哈哈哈。」

我：「不可能，你說得跟小說似的，你怎麼可能計算得那麼準。」

他：「不敢相信我的話的都是沒腦子的人。我告訴你的事實是沒什麼做不到的，只要你夠有腦子就行。」

我：「可你說的那些事，都要花很多錢，還要動用很多違禁品，而且你一個人根本做不到。」

他：「違禁品？什麼違禁品？炸藥嗎？工程炸藥很難弄？只要你有點錢就行。反正我最不缺的就是錢。你知道我的第一桶金怎麼賺來的嗎？真的很簡單，隨便綁架幾個風聞不怎麼乾淨的地產老闆，把他們倒著吊上幾個小時，輕而易舉就可以挖出他們那些不乾淨的內幕來，然後你知道了一個人的內幕，就可以用它去威脅別的人，知道更多內幕。等你有了足夠的資訊，敲詐勒索就是最快的賺錢方式。」

我：「你犯下那麼多罪行，還殺了那麼多人，警察不可能找不到蛛絲馬跡。」

他：「笑話，殺了人又怎樣？正當防衛，法院能奈何得了我？判我刑？我太瞭解法律了，而且我最大的本事就是刺激人，讓他們對我動手，那樣我就有足夠的理由用正當防衛弄死他們，還不用負法律責任。人就是這麼可以隨便殺人，懂嗎？菜鳥。」

我：「你很能刺激人？」

他：「刺激人不是那麼難的事，因為人心本來就那麼脆弱。就拿那些整天如膠似漆恩恩愛愛的小情侶來說吧，我玩過實驗，隨便找一對還在交往的情侶，告訴男方他交往的女人有愛滋病，十個有八個準分手。因為比起讓女方去醫院做愛滋病檢查這種尷尬，倒不如分手來得直接。男女感情就是這麼無聊的一回事，無非就是性愛。不相信的話你隨便找個男的問，要是你女友有愛滋病，一旦你跟她發生關係就會感染，但是親嘴和正常接觸等跟生兒女無關的事就不會感染的話，你還會跟她在一起嗎？十個有八個男的會告訴你不願意，剩下的兩個也無非是死鴨子嘴硬罷了。」

我：「你真的很會讓人產生想揍人的想法。」

他：「要試試看嗎？我可以用三分鐘讓你產生想殺人的衝動。」

我：「我……不信。」

他：「這話可是你自己說的。那我就告訴你一件實事吧。我其實早就看你不順眼了，上次你想在我的病歷表上寫我精神病造假，這件事你不會當我不知道吧？所以為了這件事，前幾天我就讓我的人動了點手腳。你媽姓華吧？我的那些同黨把你媽抓到地下室，讓她學狗爬，說不然就把你這個兒子給弄死，結果你猜她怎麼著？她還真的乖乖做了，哈哈哈哈……」

我憤怒地從椅子上站起，再也受不了這個瘋子。

他：「想對我動手腳？行啊！朝我臉上打，不過我告訴你，我是瘋子，我還有不少同黨在外面，他們也是不要命的瘋子，你敢打我一拳，你爸少條腿，你媽少隻手那可說不準。我還留了幾把從國外搞到的槍給我的同黨。」

我看著他，沒有說話，因為我不知道他的話是真是假。雖然我知道他的話大部分是虛張聲勢，但是，如果他的話裡，哪怕有百萬分之一的可能性是真的，我也不能冒險。

他笑起來，兩手支著下顎：「好了，像其他醫生一樣，繼續在我的病歷表上寫我精神分裂嚴重吧。」

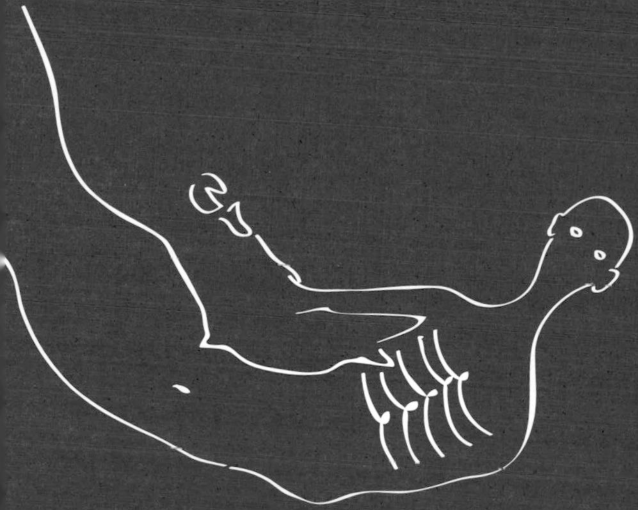

國家圖書館預行編目資料

我在精神病院當醫生 / 楊建東作. -- 初版. -- 臺北市 : 寶瓶文化, 2017.10
面； 公分. -- (Island ; 273)
ISBN 978-986-406-101-3(平裝)

857.7 106016924

Island 273

我在精神病院當醫生

作者／楊建東

發行人／張寶琴
社長兼總編輯／朱亞君
副總編輯／張純玲
資深編輯／丁慧瑋　編輯／林婕伃
美術主編／林慧雯
校對／林婕伃・陳佩伶・劉素芬
營銷部主任／林歆婕　業務專員／林裕翔　企劃專員／李祉萱
財務／莊玉萍
出版者／寶瓶文化事業股份有限公司
地址／台北市110信義區基隆路一段180號8樓
電話／(02)27494988　傳真／(02)27495072
郵政劃撥／19446403　寶瓶文化事業股份有限公司
印刷廠／世和印製企業有限公司
總經銷／大和書報圖書股份有限公司　電話／(02)89902588
地址／新北市新莊區五工五路2號　傳真／(02)22997900
E-mail／aquarius@udngroup.com

著作完成日期／二〇一七年二月
初版一刷日期／二〇一七年十月二十日
初版十刷日期／二〇二三年六月六日
ISBN／978-986-406-101-3
定價／三一〇元

AQUARIUS 寶瓶文化事業

愛書人卡

感謝您熱心的為我們填寫，
對您的意見，我們會認真的加以參考，
希望寶瓶文化推出的每一本書，都能得到您的肯定與永遠的支持。

系列：Island 273　**書名：我在精神病院當醫生**

1. 姓名：＿＿＿＿＿＿＿＿　性別：□男　□女
2. 生日：＿＿年＿＿月＿＿日
3. 教育程度：□大學以上　□大學　□專科　□高中、高職　□高中職以下
4. 職業：＿＿＿＿＿＿
5. 聯絡地址：＿＿＿＿＿＿＿＿＿＿＿＿＿＿＿＿＿＿

   聯絡電話：＿＿＿＿＿＿＿＿　手機：＿＿＿＿＿＿＿＿
6. E-mail信箱：＿＿＿＿＿＿＿＿＿＿＿＿＿＿

   □同意　□不同意　免費獲得寶瓶文化叢書訊息
7. 購買日期：＿＿＿年＿＿＿月＿＿＿日
8. 您得知本書的管道：□報紙／雜誌　□電視／電台　□親友介紹　□逛書店　□網路

   □傳單／海報　□廣告　□其他
9. 您在哪裡買到本書：□書店，店名＿＿＿＿＿＿　□劃撥　□現場活動　□贈書

   □網路購書，網站名稱：＿＿＿＿＿＿＿　□其他＿＿＿＿＿＿
10. 對本書的建議：（請填代號　1. 滿意　2. 尚可　3. 再改進，請提供意見）

    內容：＿＿＿＿＿＿＿＿＿＿＿＿

    封面：＿＿＿＿＿＿＿＿＿＿＿＿

    編排：＿＿＿＿＿＿＿＿＿＿＿＿

    其他：＿＿＿＿＿＿＿＿＿＿＿＿

    綜合意見：＿＿＿＿＿＿＿＿＿＿＿＿＿＿＿＿＿＿＿＿＿＿＿＿
11. 希望我們未來出版哪一類的書籍：＿＿＿＿＿＿＿＿＿＿＿＿＿＿＿

讓文字與書寫的聲音大鳴大放

寶瓶文化事業股份有限公司

（請沿此虛線剪下）

廣告回函
北區郵政管理局登記
證北台字15345號
免貼郵票

寶瓶文化事業股份有限公司 收

110台北市信義區基隆路一段180號8樓
8F,180 KEELUNG RD.,SEC.1,
TAIPEI.(110)TAIWAN R.O.C.

（請沿虛線對折後寄回，或傳真至02-27495072。謝謝）